날개 Les ailes

날개

Les ailes

이상

Yi Sang

이상(1910-1937) — 경성고등공업학교에서 건축을 전공한 모더니스트 작가. 그의 문학은 시, 소설, 수필의 경계를 의식적으로 허물고 숫자, 도표, 기하학과 같은 비문학적 요소를 삽입하여 전통적 문법을 해체한다. 대표작으로는 단편소설 『날개』, 연작시 「오감도」, 그리고 자전적 소설 「종생기」와 「봉별기」가 있다. 그의 작품은 오늘날에도 열려 있는 방정식으로 읽히는 한국 모더니즘의 핵심 좌표다.

TEXT→SCENT Series 01 | 이상
이 책은 문학의 서사를 향의 서사로 번역해 나가는 에크리에파팡의
'TEXT→SCENT' 프로젝트의 일환으로 출간되었습니다.

Yi Sang (1910-1937) — Figure pionnière du modernisme, il fit ses études d'architecture à l'École technique de Gyeongseong. Son œuvre brouille délibérément les frontières entre poésie, fiction et essai, en déconstruisant les règles usuelles de l'écriture et en y intégrant des éléments non littéraires tels que les nombres, les schémas et la géométrie. Parmi ses œuvres les plus célèbres figurent la nouvelle « Les Ailes », le poème en série « Vue de l'œil du corbeau » et les récits autobiographiques publiés en anglais sous le titre « Meetings and Farewells ». Ses écrits se lisent comme des équations inachevées, ouvertes à d'infinies interprétations, consacrant Yi Sang comme un pilier du modernisme coréen.

TEXT→SCENT Série 01 | Yi Sang
Ce volume a été publié dans le cadre du projet « TEXT→SCENT » d'Écrit et Parfum, qui transforme les œuvres littéraires en expériences olfactives

날개

'박제가 되어 버린 천재'를 아시오? 나는 유쾌하오. 이런 때 연애까지가 유쾌하오.

육신이 흐느적흐느적하도록 피로했을 때만 정신이 은화처럼 맑소. 니코틴이 내 횟배 앓는 뱃속으로 스미면 머릿속에 으레 백지가 준비되는 법이오. 그 위에다 나는 위트와 패러독스를 바둑 포석처럼 늘어놓소. 가증할 상식의 병이오.

나는 또 여인과 생활을 설계하오. 연애기법에마저 서먹서먹해진 지성의 극치를 흘깃 좀 들여다본 일이 있는, 말하자면 일종의 정신분일자말이오. 이런 여인의 반—그것은 온갖 것의 반이오.—만을 영수하는 생활을 설계한다는 말이오. 그런 생활 속에 한 발만 들여놓고 흡사 두 개의 태양처럼 마주 쳐다보면서 낄낄거리는 것이오. 나는 아마 어지간히 인생의 제행이 싱거워서 견딜 수가 없게끔 되고 그만둔 모양이오. 굿바이.

Les ailes, Yi Sang

Connaissez-vous « le génie devenu empaillé » ? Je suis de bonne humeur. Dans ces moments, mon amour aussi est de bonne humeur.

Mon esprit scintille comme une pièce en argent seulement lorsque mon corps chancelle de fatigue. Quand la nicotine s'infiltre dans mon ventre infecté par l'ascaris, dans ma tête se prépare une feuille blanche. Sur celle-ci, j'y étend l'esprit et le paradoxe comme dans un jeu de go. C'est une effrayante maladie au sens commun.

Je dessine aussi la femme et la vie. Même embrouillé avec la technique de l'amour, j'ai quelquefois entrevu la pointe de la raison et pour ainsi dire, je suis une personne dissociée. Je conçois cette vie, où je ne reçois que la moitié de cette femme - c'est la moitié de toute autre chose. En mettant juste un pied dans cette vie, je glousse comme deux

굿바이. 그대는 이따금 그대가 제일 싫어하는 음식을 탐식하는 아이러니를 실천해 보는 것도 좋을 것 같소. 위트와 패러독스와…….

그대 자신을 위조하는 것도 할 만한 일이오. 그대의 작품은 한 번도 본 일이 없는 기성품에 의하여 차라리 경편하고 고매하리다.

19세기는 될 수 있거든 봉쇄하여 버리오. 도스토옙스키 정신이란 자칫하면 낭비일 것 같소. 위고를 불란서의 빵 한 조각이라고는 누가 그랬는지 지언인 듯싶소. 그러나 인생 혹은 그 모형에 있어서 '디테일' 때문에 속는다거나 해서야 되겠소?

화를 보지 마오. 부디 그대께 고하는 것이니…….

"테이프가 끊어지면 피가 나오. 생채기도 머지않아 완치될 줄 믿소. 굿바이." 감정은 어떤 '포즈'. (그 '포즈'의 원소만을 지적하는 것이 아닌지 나도 모르겠소.) 그 포우즈가 부동자세에까지 고도화할 때 감정은 딱 공급을 정지합네다.

나는 내 비범한 발육을 회고하여 세상을 보는 안목을 규정하였소.

여왕봉과 미망인— 세상의 하고 많은 여인이 본질적으로 이미 미망인이 아닌 이가 있으리까? 아니, 여인의 전부가 그 일상에 있어서 개개 '미망인'이라는 내 논리가 뜻밖에도 여성에 대한 모독이 되오? 굿바이.

그 33번지라는 것이 구조가 흡사 유곽이라는 느낌이

soleils face à face. Toutes les choses de la vie me semblaient futiles et j'ai abandonné, ne pouvant plus les supporter. Good bye.

Good bye. Il serait bon d'exécuter l'ironie d'aller parfois gloutonner votre plat le plus détesté. Avec esprit et paradoxe...

Contrefaire soi-même est faisable. Grâce à un produit tout fait et jamais vu, votre œuvre à vous deviendra plutôt simple et facile.

Le XIXème siècle, enfermez-le, si c'est possible. L'esprit de Dostoïevski est presque un gaspillage. Qui a dit que Hugo était un morceau de pain de la France, cela me semble être une expression raisonnable. Cependant, en ce qui concerne la vie ou sa forme, suffit-il d'être piégé par les détails ?

Ne subissez pas ce malheur. Je vous en conjure...

« Si le bandeau se déchire, on saigne. Je pense que ma blessure sera bientôt guérie. Good bye. » Le sentiment est une pose. (Je ne sais pas si la pose ne concerne que son contenu.) Lorsque cette pose se perfectionne à la posture immobile, l'émotion interrompt son approvisionnement.

J'ai fait appel à mon excellente croissance afin de prescrire mon regard sur ce monde.

La reine abeille et la veuve - existe-t-il, entre toutes

없지 않다.

한 번지에 18가구가 죽 어깨를 맞대고 늘어서서 창호가 똑같고 아궁이 모양이 똑같다. 게다가 각 가구에 사는 사람들이 송이송이 꽃과 같이 젊다.

해가 들지 않는다. 해가 드는 것을 그들이 모른 체하는 까닭이다. 턱살밑에다 철줄을 매고 얼룩 진 이부자리를 널어 말린다는 핑계로 미닫이에 해가 드는 것을 막아 버린다. 침침한 방안에서 낮잠들을 잔다. 그들은 밤에는 잠을 자지 않나? 알 수 없다. 나는 밤이나 낮이나 잠만 자느라고 그런 것을 알 길이 없다. 33번지 18가구의 낮은 참 조용하다.

조용한 것은 낮뿐이다. 어둑어둑하면 그들은 이부자리를 걷어 들인다. 전등불이 켜진 뒤의 18가구는 낮보다 훨씬 화려하다. 저물도록 미닫이 여닫는 소리가 잦다. 바빠진다. 여러 가지 냄새가 나기 시작한다. 비웃 굽는 내, 탕고도오랑내, 뜨물내, 비눗내.

그러나 이런 것들보다도 그들의 문패가 제일로 고개를 끄덕이게 하는 것이다.

이 18가구를 대표하는 대문이라는 것이 일각이 져서 외따로 떨어지기는 했으나, 있다. 그러나 그것은 한 번도 닫힌 일이 없는, 한길이나 마찬가지 대문인 것이다. 온갖 장사치들은 하루 가운데 어느 시간에라도 이 대문을 통하여 드나들 수 있는 것이다. 이네들은 문간에서 두부를 사는 것이 아니라, 미닫이를 열고 방에서 두부를 사는

femmes de ce monde, une qui n'est pas veuve de nature ? Non ! Ma logique selon laquelle toutes les femmes sont « veuves » dans le quotidien, est-elle une insulte inattendue envers la femme ? Good bye.

Cette rue numéro 33, en sa constitution, semble être une sorte de lupanar.

Dix-huit ménages sont côte à côte dans un seul numéro avec les mêmes portes et fenêtres, et les mêmes âtres aussi. Toutes personnes qui y habitent sont chacune jeunes comme des fleurs épanouies.

Le soleil n'atteint pas cet endroit. C'est parce qu'ils ignorent ce soleil. Avec le fil en fer sur le cadre des fenêtres, ils obstruent la porte coulissante sous prétexte de devoir sécher leurs couvertures et empêchent le soleil de pénétrer. Ils font une sieste dans leur sombre chambre. Ne dorment-ils pas la nuit ? Je ne sais pas. Moi je ne sais pas car je dors la nuit et le jour. Le jour des dix-huit ménages de la rue numéro 33 est vraiment silencieux.

Le calme ne règne que le jour. Lorsque le ciel s'assombrit, ils rangent leurs couvertures. Avec les lampes allumées, les dix-huit ménages sont beaucoup plus illuminant que le jour. Plus la nuit tombe, plus on entend les portes coulissantes s'ouvrir et se fermer. On se presse. On commence à sentir différentes odeurs. L'odeur du hareng

것이다. 이렇게 생긴 33번지 대문에 그들 18가구의 문패를 몰아다 붙이는 것은 의미가 없다. 그들은 어느 사이엔가 각 미닫이 위 백인당이니 길상당이니 써 붙인 한 곁에다 문패를 붙이는 풍속을 가져 버렸다.

내 방 미닫이 위 한 곁에 칼표 딱지를 넷에다 낸 것만한 내— 아니! 내 아내의 명함이 붙어 있는 것도 이 풍속을 좇은 것이 아닐 수 없다.

나는 그러나 그들의 아무와도 놀지 않는다. 놀지 않을 뿐만 아니라 인사도 않는다. 나는 내 아내와 인사하는 외에 누구와도 인사하고 싶지 않았다. 내 아내 외의 다른 사람과 인사를 하거나 놀거나 하는 것은 내 아내 낯을 보아 좋지 않은 일인 것만 같이 생각이 되었기 때문이다. 나는 이만큼까지 내 아내를 소중히 생각한 것이다. 내가 이렇게까지 내 아내를 소중히 생각한 까닭은 이 33번지 18가구 속에서 내 아내가 내 아내의 명함처럼 제일 작고 제일 아름다운 것을 안 까닭이다. 18가구에 각기 빌어 들은 송이송이 꽃들 가운데서도 내 아내가 특히 아름다운 한 떨기의 꽃으로 이 함석지붕 밑 볕 안 드는 지역에서 어디까지든지 찬란하였다. 따라서 그런 한 떨기 꽃을 지키고 — 아니 그 꽃에 매어달려 사는 나라는 존재가 도무지 형언할 수 없는 거북살스러운 존재가 아닐 수 없었던 것은 물론이다.

나는 어디까지든지 내 방이 — 집이 아니다. 집은 없다. — 마음에 들었다. 방안의 기온은 내 체온을 위하여

cuit, du Tangodoran*, de l'eau de riz, du savon...

Entre tout cela, c'est la plaque au nom sur leur porte qui fait le plus hocher la tête.

Le portail des dix-huit ménages soutenu de deux piliers, est isolé mais bien présent. Celui-ci ne se ferme jamais, il ressemble à un chemin. Toute sortes de vendeurs peuvent entrer par cette porte, à toute heure de la journée. Les habitants n'achètent donc pas le tofu à l'entrée, ils l'achètent devant leur chambre, à la porte coulissante. Pour cette raison, coller toutes les plaques des ménages au portail est inutile. Ils se sont habitués à nommer les plaques telles que « Pavillon de l'endurance » ou « Pavillon du signe de la chance » et à les mettre au-dessus de leur porte coulissante.

Sur la mienne, à la taille de quatre Kalpyo** liés, il y a mon – non ! Il y a la carte de visite de ma femme comme pour suivre la tradition.

Moi je ne joue avec personne d'entre eux. Je ne les salue même pas. Je ne veux dire bonjour à personne d'autre que ma femme. Rencontrer d'autres personnes ne me semble pas une bonne chose, vu le visage de ma femme. J'ai chéri ma femme à ce point-là. Je l'ai chériе à partir du moment

---

*   Poudre de maquillage japonais
**   Paquet de cigarettes anglais avec un dessin de pirate

쾌적하였고, 방안의 침침한 정도가 또한 내 안력을
위하여 쾌적하였다. 나는 내 방 이상의 서늘한 방도 또
따뜻한 방도 희망하지 않았다. 이 이상으로 밝거나 이
이상으로 아늑한 방은 원하지 않았다. 내 방은 나 하나를
위하여 요만한 정도를 꾸준히 지키는 것 같아 늘 내 방에
감사하였고, 나는 또 이런 방을 위하여 이 세상에 태어난
것만 같아서 즐거웠다.

그러나 이것은 행복이라든가 불행이라든가
하는 것을 계산하는 것은 아니었다. 말하자면 나는
내가 행복되다고도 생각할 필요가 없었고, 그렇다고
불행하다고도 생각할 필요가 없었다. 그냥 그날을 그저
까닭없이 편둥편둥 게으르고만 있으면 만사는 그만이었던
것이다.

내 몸과 마음에 옷처럼 잘 맞는 방 속에서 뒹굴면서,
축 쳐져 있는 것은 행복이니 불행이니 하는 그런 세속적인
계산을 떠난, 가장 편리하고 안일한 말하자면 절대적인
상태인 것이다. 나는 이런 상태가 좋았다.

이 절대적인 내 방은 대문간에서 세어서 똑 일곱째
칸이다. 러키세븐의 뜻이 없지 않다. 나는 이 일곱이라는
숫자를 훈장처럼 사랑하였다. 이런 이 방이 가운데 장지로
말미암아 두 칸으로 나뉘어 있었다는 그것이 내 운명의
상징이었던 것을 누가 알랴? 아랫방은 그래도 해가 든다.
아침결에 책보만한 해가 들었다가 오후에 손수건만
해지면서 나가 버린다. 해가 영영 들지 않는 윗방이 즉

où je me suis rendu compte que sa carte était la plus petite et la plus jolie entre celles de tous les ménages de cette rue numéro 33. Entre toutes les fleurs épanouies de ces ménages et sous ce toit galvanisé, ma femme était la plus belle fleur qui éblouissait jusqu'aux endroits non ensoleillés. Moi, qui protège cette fleur, non, moi, attelé à cette fleur, ne pouvais s'empêcher d'être un être inexprimablement ignoble.

Ma chambre - ce n'est pas une maison, je n'ai pas de maison - me plaisait. La température de la chambre était agréable, le degré d'obscurité était également agréable pour ma vue. Je n'espérais ni chambre plus froide ni chambre plus chaude que la mienne. Je n'espérais ni chambre plus lumineuse ni plus confortable que la mienne. Je remerciais ma chambre qui semblait garder ce genre de stabilité pour moi seul et j'étais heureux car je me sentais être né pour cette chambre.

Cependant, ceux-ci ne servent pas à calculer le bonheur ou le malheur. Autrement dit, il était inutile de penser que j'étais heureux ni de penser que j'étais malheureux. Il suffisait de paresser sans aucun sens ce jour-ci et ce jour-là et tout rentrait dans l'ordre.

En mettant à part le calcul mondain du bonheur ou du malheur de paresser, se vautrer dans cette chambre toute juste à ma peau, est l'état le plus pratique et oisif, pour ainsi

내 방인 것은 말할 것도 없다. 이렇게 볕드는 방이 아내 방이요, 볕 안드는 방이 내 방이요 하고 아내와 나 둘 중에 누가 정했는지 나는 기억하지 못한다.

그러나 나에게는 불평이 없다.

아내가 외출만 하면 나는 얼른 아랫방으로 와서 그 동쪽으로 난 들창을 열어 놓고 열어놓으면 들이비치는 햇살이 아내의 화장대를 비춰 가지각색 병들이 아롱이 지면서 찬란하게 빛나고, 이렇게 빛나는 것을 보는 것은 다시없는 내 오락이다. 나는 조그만 돋보기를 꺼내가지고 아내만이 사용하는 지리가미를 꺼내 가지고 그을려가면서 불장난을 하고 논다. 평행광선을 굴절시켜서 한 초점에 모아가지고 그 초점이 따끈따끈해지다가, 마지막에는 종이를 그을리기 시작하고, 가느다란 연기를 내면서 드디어 구멍을 뚫어 놓는 데까지 이르는, 고 얼마 안 되는 동안의 초조한 맛이 죽고 싶을 만큼 내게는 재미있었다.

이 장난이 싫증이 나면 나는 또 아내의 손잡이 거울을 가지고 여러 가지로 논다. 거울이란 제 얼굴을 비칠 때만 실용품이다. 그 외의 경우에는 도무지 장난감인 것이다. 이 장난도 곧 싫증이 난다.

나의 유희심은 육체적인 데서 정신적인 데로 비약한다. 나는 거울을 내던지고 아내의 화장대 앞으로 가까이 가서 나란히 늘어 놓인 그 가지각색의 화장품 병들을 들여다본다. 고것들은 세상의 무엇보다도 매력적이다. 나는 그 중의 하나만을 골라서 가만히 마개를

dire, est un état absolu. J'aimais être dans cet état.

Ma chambre absolue était la septième en comptant à partir de l'entrée. Il n'est pas impossible qu'il y ait là la signification du Lucky Seven. J'aimais ce sept comme une médaille d'or. Mais qui sait, que cette chambre partagée en deux par un panneau coulissant était le symbole de mon destin ? La chambre proche du foyer reçoit le soleil. Le soleil illumine la chambre le matin à la taille d'un tissu d'emballage de livres, le soir à la taille d'un mouchoir, puis disparaît. Ne parlons pas de ma chambre qui ne reçoit aucun de ses rayons. Je ne sais pas qui a décidé que la chambre ensoleillée serait celle de ma femme, la partie non ensoleillée la mienne.

Mais je n'en suis pas mécontent.

Dès que ma femme sort, je me déplace vite dans sa chambre et j'ouvre la petite fenêtre à l'est. Celle-ci ouverte, le soleil arrive jusqu'à la coiffeuse de ma femme et brille splendidement toute sorte de flacons, les regarder est mon amusement sans pareil. Je sors une petite « loupe » et je fais brûler un mouchoir de ma femme, je joue avec ce feu. En joignant parallèlement le rayon courbé au focalisateur, ce dernier se réchauffe et finit par brûler le papier, une fine fumée en sort et le troue enfin, ce très court moment qui me rend anxieux est drôle à mourir.

빼고 병 구멍을 내 코에 가져다 대고 숨죽이듯이 가벼운 호흡을 하여 본다. 이국적인 센슈얼한 향기가 폐로 스며들면 나는 저절로 스르르 감기는 내 눈을 느낀다. 확실히 아내의 체취의 파편이다.

나는 도로 병마개를 막고 생각해 본다. 아내의 어느 부분에서 요 냄새가 났던가를…… 그러나 그것은 분명하지 않다. 왜? 아내의 체취는 여기 늘어섰을 가지각색 향기의 합계일 것이니까.

아내의 방은 늘 화려하였다. 내 방이 벽에 못 한 개 꽂히지 않은 소박한 것인 반대로, 아내 방에는 천장 밑으로 쫙 돌려 못이 박히고, 못마다 화려한 아내의 치마와 저고리가 걸렸다. 여러 가지 무늬가 보기 좋다. 나는 그 여러 조각의 치마에서 늘 아내의 동체와, 그 동체가 될 수 있는 여러 가지 포우즈를 연상하고 연상하면서 내 마음은 늘 점잖지 못하다.

그렇건만 나에게는 옷이 없었다. 아내는 내게 옷을 주지 않았다. 입고 있는 코르덴양복 한 벌이 내 자리옷이었고 통상복과 나들이옷을 겸한 것이었다. 그리고 하이넥의 스웨터가 한 조각 사철을 통한 내 내의다. 그것들은 하나같이 다 빛이 검다. 그것은 내 짐작 같아서는 즉 빨래를 될 수 있는 데까지 하지 않아도 보기 싫지 않게 하기 위한 것이 아닌가 한다. 나는 허리와 두 가랑이 세 군데 다— 고무 밴드가 끼어 있는 부드러운 사루마다를 입고 그리고 아무 소리 없이 잘 놀았다.

Lorsque cette bêtise devient ennuyante, je joue d'une autre façon, avec le miroir à main de ma femme. Le miroir ne sert que lorsqu'il reflète le visage. Dans les autres cas, il n'est qu'un jouet.

Et ce jeu aussi devient bientôt ennuyant. Mon divertissement va du corps à l'esprit. Je laisse tomber le miroir, je vais vers la coiffeuse et observe ces toute sorte de flacons alignés. Ceux-ci sont les plus fascinant au monde. J'en choisi un, j'enlève doucement le bouchon, je le porte vers mon nez et je ressens à l'aide d'une légère respiration en retenant mon souffle. L'odeur exotique et sensuelle s'infiltrent dans mes poumons et je sens mes yeux se fermer doucement. C'est certainement le débris d'odeur de ma femme.

Je referme le bouchon et je réfléchis. Quelle partie de ma femme sentait cette odeur... Cela n'est pas clair. Pourquoi ? Son odeur serait le tout de ces parfums posés ici.

La chambre de ma femme était toujours resplendissante. Ma chambre, elle, était sobre, elle n'avait pas un clou sur le sur le mur tandis que celle de ma femme avait des clous sur les quatre murs et sur chaque clou, il y avait ses jupes et ses jeogoris*. Les motifs étaient jolis à voir. Sur ces morceaux de jupes, j'évoquais encore et encore le

어느덧 손수건 만해졌던 볕이 나갔는데 아내는 외출에서 돌아오지 않는다. 나는 요만 일에도 좀 피곤하였고 또 아내가 돌아오기 전에 내 방으로 가 있어야 될 것을 생각하고 그만 내 방으로 건너간 다. 내 방은 침침하다. 나는 이불을 뒤집어쓰고 낮잠을 잔다. 한 번도 걷은 일이 없는 내 이부자리 는 내 몸뚱이의 일부분처럼 내게는 참 반갑다. 잠은 잘 오는 적도 있다. 그러나 또 전신이 까칫까칫하면서 영 잠이 오지 않는 적도 있다. 그런 때는 아무 제목으로나 제목을 하나 골라서 연구하였다. 나는 내 좀 축축한 이불속에서 참 여러 가지 발명도 하였고 논문도 많이 썼다. 시도 많이 지었다. 그러나 그것들은 내가 잠이 드는 것과 동시에 내 방에 담겨서 철철 넘치는 그 흐늑흐늑한 공기 에 다 비누처럼 풀어져서 온데간데없고, 한잠 자고 깨인 나는 속이 무명헝겊이나 메밀껍질로 땡땡 찬 한 덩어리 베개와도 같은 한 벌 신경이었을 뿐이고 뿐이고 하였다.

그러기에 나는 빈대가 무엇보다도 싫었다. 그러나 내 방에서는 겨울에도 몇 마리의 빈대가 끊이지 않고 나왔다. 내게 근심이 있었다면 오직 이 빈대를 미워하는 근심일 것이다. 나는 빈대에게 물려서 가려운 자리를 피가 나도록 긁었다. 쓰라리다. 그것은 그윽한 쾌감에 틀림없었다. 나는 혼곤히 잠이 든다.

나는 그러나 그런 이불 속의 사색 생활에서도 적극적인 것을 궁리하는 법이 없다. 내게는 그럴

corps de ma femme avec mon cœur immodeste et j'imaginais la pose que ce corps pouvait prendre.

Cependant, moi je n'ai point de vêtement. Ma femme ne m'en donnait pas. Mon seul costume en velours côtelé était à la fois mon vêtement de nuit et mon vêtement de tous les jours ainsi que celui de sortie. Mon pull à col roulé est mon sous-vêtement pour quatre saisons. Ils sont tous d'une noirceur uniforme. De mes suppositions, ils servent à être présentables sans faire le linge le plus longtemps possible. Je mettais et jouais silencieusement avec mon pantalon avec élastique à la taille et à l'entrejambe.

Ma femme ne rentrait pas même lorsque les rayons de soleil à la taille d'un mouchoir s'étaient dégagés. Moi, étant déjà fatigué de ces jeux, et en pensant devoir retourner dans ma chambre avant qu'elle rentre, j'y suis retourné. Ma chambre est sombre. Je fais une sieste en me couvrant d'une couverture. Je suis ravi de revoir ma literie jamais dégagée qui est comme une partie de mon corps. Parfois, je dors bien. Il y a des cas où je ne puis dormir à cause de mon corps démangé. Alors je choisi un sujet, n'importe lequel, et je l'étudie. Dans ma couverture humide, j'ai fait

---

*   Veste traditionnelle coréenne

필요가 대체 없었다. 만일 내가 그런 좀 적극적인 것을 궁리해내었을 경우에 나는 반드시 내 아내 와 의논하여야 할 것이고, 그러면 반드시 나는 아내에게 꾸지람을 들을 것이고— 나는 꾸지람이 무서웠다느니 보다는 성가셨다. 내가 제법 한 사람의 사회인의 자격으로 일을 해 보는 것도 아내에게 사설 듣는 것도 나는 가장 게으른 동물처럼 게으른 것이 좋았다. 될 수만 있으면 이 무의미한 인간의 탈을 벗어 버리고도 싶었다.

나에게는 인간 사회가 스스러웠다. 생활이 스스러웠다. 모두가 서먹서먹할 뿐이었다.

아내는 하루에 두 번 세수를 한다.

나는 하루 한 번도 세수를 하지 않는다.

나는 밤중 세 시나 네 시쯤 해서 변소에 갔다.

달이 밝은 밤에는 한참씩 마당에 우두커니 섰다가 들어오곤 한다. 그러니까 나는 이 18가구의 아무와도 얼굴이 마주치는 일이 거의 없다. 그러면서도 나는 이 18가구의 젊은 여인네 얼굴들을 거반 다 기억하고 있었다. 그들은 하나 같이 내 아내만 못하였다.

열한 시쯤 해서 하는 아내의 첫 번 세수는 좀 간단하다. 그러나 저녁 일곱 시쯤 해서 하는 두 번째 세수는 손이 많이 간다. 아내는 낮에 보다도 밤에 더 좋고 깨끗한 옷을 입는다. 그리고 낮에도 외출하고 밤에도 외출하였다.

아내에게 직업이 있었던가? 나는 아내의 직업이 무엇인지 알 수 없다. 만일 아내에게 직업이 없었다면 같이

diverses découvertes et j'ai écrit beaucoup de thèses. J'ai aussi composé beaucoup de vers. Lorsque je m'endors, l'air chancelant qui inonde ma chambre fait tout disparaître comme du savon dans l'eau. Après un long sommeil, je me répétais que j'étais juste un nerf ressemblant à un oreiller vide ou un oreiller rempli d'écorces de sarrasin.

Pour ces raisons, je déteste les punaises. Mais dans ma chambre, je retrouvais quelques punaises de lit même en hiver. Si j'avais un souci, ce serait seulement de détester ces punaises. Je grattais jusqu'au sang ma piqûre. Cela m'irrite. Il y a certainement un plaisir profond dans tout ça. Je m'endors avec mon esprit flou.

Même lors de ma réflexion sous la couverture, je n'ai jamais pensé à prendre l'initiative. La plupart du temps, je n'en ai pas besoin. Si je pensais activement à quelque chose, je devrais en faire part à ma femme et elle me réprimanderait - je n'en ai pas peur, mais c'est embêtant. Travailler en tant que membre de la société ou écouter les paroles de ma femme le sont aussi. Je préférais paresser comme l'animal le plus paresseux. Je voulais enlever ce masque insignifiant d'humain, si c'était possible.

J'étais mal à l'aise dans cette société humaine. La vie me m'était mal à l'aise. Tout le monde était seulement gênant.

Ma femme fait sa toilette deux fois par jour.

직업이 없는 나처럼 외출할 필요가 생기지 않을 것인데—
아내는 외출한다. 외출할 뿐만 아니라 내객이 많다.
아내에게 내객이 많은 날은 나는 온종일 내 방에서 이불을
쓰고 누워 있어야만 된다.

불장난도 못한다. 화장품 냄새도 못 맡는다. 그런 날은
나는 의식적으로 우울해 하였다. 그러면 아내는 나에게
돈을 준다. 오십 전짜리 은화다. 나는 그것이 좋았다.

그러나 그것을 무엇에 써야 옳을지 몰라서 늘
머리맡에 던져두고 두고 한 것이 어느 결에 모여서 꽤
많아졌다 어느 날 이것을 본 아내는 금고처럼 생긴
벙어리를 사다 준다.

나는 한 푼씩 한 푼씩 그 속에 넣고 열쇠는 아내가
가져갔다. 그 후에도 나는 더러 은화를 그 벙어리에 넣은
것을 기억한다. 그리고 나는 게을렀다. 얼마 후 아내의 머리
쪽에 보지 못하던 누깔잠이 하나 여드름처럼 돋았던 것은
바로 그 금고형 벙어리의 무게가 가벼워졌다는 증거일까.
그러나 나는 드디어 머리맡에 놓았던 그 벙어리에 손을
대지 않고 말았다. 내 게으름은 그런 것에 내 주의를
환기시키기도 싫었다.

아내에게 내객이 있는 날은 이불 속으로 암만 깊이
들어가도 비 오는 날만큼 잠이 잘 오지 않았다. 나는 그런
때 나에게 왜 늘 돈이 있나 왜 돈이 많은가를 연구했다.
내객들은 장지 저쪽에 내가 있는 것을 모르나보다. 내
아내와 나도 좀 하기 어려운 농을 아주 서슴지 않고 쉽게

Moi, même pas une fois par jour.

Je vais aux toilettes vers trois, quatre heures du matin.

Quand la lune est claire, je reste un bon moment dans la cour avec mon air distrait. Autrement dit, je ne fais face à presque personne des dix-huit ménages. Je connais cependant tous les visages des jeunes femmes. Elles sont toutes moins belles que la mienne.

La toilette de ma femme à onze heures est plutôt simple. Néanmoins, sa deuxième toilette à sept heures du soir est plus appliquée. Elle s'habille plus proprement le soir que le matin. Mais elle sort le matin et le soir.

Avait-elle un métier ? Je ne pouvais pas savoir son métier. Si elle n'en avait pas, elle pourrait ne pas sortir comme moi qui n'en ai pas – mais elle sort. De plus, elle a beaucoup d'invités. Lorsque ses invités viennent, je dois rester dans ma chambre sous ma couverture.

Je ne peux pas jouer avec le feu. Je ne peux pas sentir les produits de maquillage. Ces jours-là, j'étais consciemment triste. Ma femme me donnait alors de l'argent. Une pièce en argent de cinquante jeons*. J'aimais cela.

J'ai continué à les mettre au chevet jusqu'à faire une

---

*   Ancienne unité monétaire coréenne, un jeon équivaut à un centième d'un won

해 던지는 것이다. 그러나 내 아내를 찾은 서너 사람의 내객들은 늘 비교적 점잖았다고 볼 수 있는 것이, 자정이 좀 지나면 으레 돌아들 갔다.

그들 가운데에는 퍽 교양이 얕은 자도 있는 듯싶었는데, 그런 자는 보통 음식을 사다 먹고 논다.

그래서 보충을 하고 대체로 무사하였다. 나는 우선 아내의 직업이 무엇인가를 연구하기에 착수하였으나 좁은 시야와 부족한 지식으로는 이것을 알아내기 힘이 든다. 나는 끝끝내 내 아내의 직업이 무엇인가를 모르고 말려나보다.

아내는 늘 진솔 버선만 신었다. 아내는 밥도 지었다. 아내가 밥을 짓는 것을 나는 한 번도 구경한 일은 없으나 언제든지 끼니때면 내 방으로 내 조석 밥을 날라다 주는 것이다. 우리 집에는 나와 내 아내 외의 다른 사람은 아무도 없다. 이 밥은 분명 아내가 손수 지었음에 틀림없다.

그러나 아내는 한 번도 나를 자기 방으로 부른 일은 없다. 나는 늘 윗방에서나 혼자서 밥을 먹고 잠을 잤다.

밥은 너무 맛이 없었다. 반찬이 너무 엉성하였다. 나는 닭이나 강아지처럼 말없이 주는 모이를 넓적넓적 받아먹기는 했으나 내심 야속하게 생각한 적도 더러 없지 않다.

나는 안색이 여지없이 창백해가면서 말라 들어갔다. 나날이 눈에 보이듯이 기운이 줄어들었다. 영 양 부족으로 하여 몸뚱이 곳곳의 뼈가 불쑥불쑥 내어 밀었다. 하룻밤

pile car je ne savais pas à quoi les utiliser. Un jour, en voyant ça, elle m'a apporté une tirelire en forme de coffre-fort.

J'ai mis une à une les pièces dedans et ma femme a pris la clé. Je me souviens qu'après, j'ai continué à mettre des pièces. Puis, j'étais flemmard. Peu après, le poids allégé de la tirelire fut prouvé par une épingle de plus sur les cheveux de ma femme qui se distinguait comme un bouton d'acné. Moi j'ai fini par ne pas y toucher. Ma paresse ne me rendait pas envie de détourner l'attention.

Le jour où ma femme avait des invités, je n'arrivais pas à m'endormir, même au plus profond de ma couverture comme une nuit sous la pluie. Dans ces moments, j'étudiais pourquoi j'avais toujours beaucoup d'argent. Les invités ne savent pas que je suis derrière ma porte. Ils balançaient des blagues, difficiles de les sortir par la bouche sans hésitation, même pour ma femme et moi. Les trois, quatre personnes avec ma femme, rentraient toujours peu après minuit, on peut donc dire qu'ils sont assez respectables.

Il existait quelques fois des personnes avec une culture moins raffinée, eux, ils achètent la nourriture, les mangent et s'amusent.

La plupart du temps, tout restait sain et sauf. J'ai commencé étudier le métier de ma femme, mais avec ma vision étroite et mon manque de connaissance, il est difficile

사이에도 수십 차를 돌쳐 눕지 않고는 여기저기가 배겨서 나는 배겨낼 수가 없었다.

그렇기 때문에 나는 내 이불 속에서 아내가 늘 흔히 쓸 수 있는 저 돈의 출처를 탐색해 내는 일 변 장지 틈으로 새어나오는 아랫방의 음성은 무엇일까를 간단히 연구하였다.

나는 잠이 잘 안 왔다.

깨달았다. 아내가 쓰는 그 돈은 내게는 다만 실없는 사람들로밖에 보이지 않는 까닭 모를 내객들이 놓고 가는 것이 틀림없으리라는 것을 깨달았다.

그러나 왜 그들 내객은 돈을 놓고 가나? 왜 내 아내는 그 돈을 받아야 되나? 하는 예의 관념이 내게는 도무지 알 수 없는 것이었다.

그것은 그저 예의에 지나지 않는 것일까? 그렇지 않으면 혹 무슨 대가일까? 보수일까? 내 아 내가 그들의 눈에는 동정을 받아야만 할 한 가엾은 인물로 보였던가? 이런 것들을 생각하노라면 으레 내 머리는 그냥 혼란하여 버리고 버리고 하였다. 잠들기 전에 획득했다는 결론이 오직 불쾌하다는 것뿐이었으면서도 나는 그런 것을 아내에게 물어 보거나 한 일이 참 한 번도 없다. 그것은 대체 귀찮기도 하려니와 한잠 자고 일어나는 나는 사뭇 딴 사람처럼 이것도 저것도 다 깨끗이 잊어버리고 그만 두는 까닭이다.

내객들이 돌아가고, 혹 외출에서 돌아오고 하면

de le discerner. Je vais finir par ne jamais savoir son métier.

Ma femme se chaussais toujours de nouvelles chaussettes. Elle faisait aussi le repas. Je ne l'ai jamais vue faire le repas mais elle m'apporte toujours mon déjeuner et mon dîner aux heures de repas. Il n'y a personne dans la maison à part moi et elle. C'est donc certainement elle qui fait le repas.

Ma femme ne m'a jamais laissé entrer dans sa chambre. Je mange et je dors toujours dans ma chambre.

Le repas n'était proprement pas bon. Surtout les plats d'accompagnement. J'ai continué à manger comme une poule ou un chien, mais au fond du cœur je ressentais une tristesse. Ma mine était à coup sûr pâle et sèche.

On pouvait remarquer à vue d'œil que je devenais veule jour après jour. Le manque de nutrition rendait mes os se distinguer de mon corps. Je ne pouvais pas ne pas retourner sur moi-même plusieurs fois dans la nuit avec ce corps engourdi sur le fin matelas.

Dans ma couverture, je réfléchissais alors à l'argent que ma femme pouvait si facilement utiliser et je devinais les plats à l'odeur qui arrivait jusqu'à moi de l'autre côté de la maison.

Je n'arrivais pas à dormir.

J'ai compris. L'argent que ma femme utilise vient

아내는 간편한 것으로 옷을 바꾸어 입고 내 방으로 나를
찾아온다. 그리고 이불을 들치고 내 귀에는 영 생동생동한
몇 마디 말로 나를 위로하려든다. 나는 조소도 고소도
홍소도 아닌 웃음을 얼굴에 띠고 아내의 아름다운 얼굴을
쳐다본다. 아내는 방그레 웃는다. 그러나 그 얼굴에 떠도는
일말의 애수를 나는 놓치지 않는다.

아내는 능히 내가 배고파하는 것을 눈치 챌 것이다.
그러나 아랫방에서 먹고 남은 음식을 나에게 주려 들지는
않는다. 그것은 어디까지든지 나를 존경하는 마음일
것임에 틀림없다. 나는 배가 고프면서도 적이 마음이
든든한 것을 좋아했다. 아내가 무엇이라고 지껄이고
갔는지 귀에 남아 있을 리가 없다. 다만 내 머리맡에
아내가 놓고 간 은화가 전등불에 흐릿하게 빛나고 있을
뿐이다.

고 금고형 벙어리 속에 은화가 얼마만큼이나
모였을까? 나는 그러나 그것을 쳐들어 보지 않았다.
그저 아무런 의욕도 기원도 없이 그 단춧구멍처럼 생긴
틈바구니로 은화를 떨어뜨려 둘 뿐이었다.

왜 아내의 내객들이 아내에게 돈을 놓고 가나 하는
것이 풀 수 없는 의문인 것같이, 왜 아내는 나에게 돈을
놓고 가나 하는 것도 역시 나에게는 똑같이 풀 수 없는
의문이었다.

내 비록 아내가 내게 돈을 놓고 가는 것이 싫지
않았다 하더라도 그것은 다만 고것이 내 손가락 닿는

certainement de ces invités peu sincères à mes yeux.

Pourquoi les invités laissent-ils l'argent ? Pourquoi ma femme accepte cet argent ? Je ne pouvais aucunement reconnaître les relations présentes dans ces manières.

Serait-ce juste une politesse ? Si ce n'est pas le cas, est-ce une contrepartie ? Ou un salaire ? Ma femme était à leurs yeux une misérable femme à en avoir pitié ? J'étais confus à ces idées. Ma seule conclusion était d'être désagréable, je n'ai cependant pas une seule fois demandé à ma femme. Cela était en général embêtant puis, lorsque je me relève après un long sommeil, j'oublie ceci et cela comme si j'étais une tout autre personne.

Quand les invités repartent, ou quand ma femme revient à la maison après sa sortie du soir, elle se met dans une tenue confortable et entre dans ma chambre. Elle enlève ma couverture et essaie de me consoler avec quelques mots farfelus. Je regarde le visage de ma femme avec son sourire ni ricanant ni amer ni éclatant. Elle me sourit toujours. Mais je ne laisse pas échapper le moindre chagrin qui plane sur son visage.

Elle se rend facilement compte de ma faim. Mais elle ne me donne pas la nourriture qui reste de sa chambre. C'est sans doute son respect envers moi. J'aimais avoir faim et avoir le cœur copieux. Aucun mot bavardé par ma femme

순간에서부터 고 벙어리 주둥이에서 자취를 감추기까지의 하잘것없는 짧은 촉각이 좋았달 뿐이지 그 이상 아무 기쁨도 없다.

어느 날 나는 고 벙어리를 변소에 갖다 넣어 버렸다. 그 때 벙어리 속에는 몇 푼이나 되는지 모르겠으나 고 은화들이 꽤 들어 있었다.

나는 내가 지구 위에 살며 내가 이렇게 살고 있는 지구가 질풍신뢰의 속력으로 광대무변의 공간을 달리고 있다는 것을 생각했을 때 참 허망하였다. 나는 이렇게 부지런한 지구 위에서는 현기증도 날 것 같고 해서 한시바삐 내려 버리고 싶었다.

이불 속에서 이런 생각을 하고 난 뒤에는 나는 고 은화를 고 벙어리에 넣고 넣고 하는 것조차 귀찮아졌다. 나는 아내가 손수 벙어리를 사용하였으면 하고 생각하였다.

벙어리도 돈도 사실은 아내에게만 필요한 것이지 내게는 애초부터 의미가 전연 없는 것이었으니까 될 수만 있으면 그 벙어리를 아내는 아내 방으로 가져갔으면 하고 기다렸다.

그러나 아내는 가져가지 않는다. 나는 내가 아내 방으로 가져다 둘까 하고 생각하여 보았으나 그 즈음에는 아내의 내객이 워낙 많아서 내가 아내 방에 가 볼 기회가 도무지 없었다. 그래서 나는 하는 수 없이 변소에 갖다 집어넣어 버리고 만 것이다.

ne reste dans ma mémoire. Il me reste seulement l'argent au chevet qui scintille à la lumière floue de la lampe.

Combien y a-t-il de pièces en argent dans cette tirelire ? Je n'ai jamais vérifié. Sans aucune volonté et sans aucun souhait, je ne fais que laisser tomber les pièces dans ce trou ressemblant à une boutonnière.

Comme si l'argent laissé par les invités à ma femme était une interrogation, l'argent que me laisse ma femme restait une interrogation dont je ne pouvais pas résoudre.

Je ne refusais pas l'argent que ma femme me laissait, mais ce que j'aimais était la simple touche de la pièce du moment où elle était à mes doigts jusqu'au moment où elle arrivait à la bouche de la tirelire.

Un jour, j'ai laissé tomber la tirelire aux toilettes. Je ne sais pas combien il y avait de pièces dans cette tirelire mais il y en avait pas mal.

La pensée d'être sur cette vaste terre traversant un espace illimité à la vitesse de l'éclair me rendait absurde. J'avais le sentiment d'avoir le vertige sur cette terre assidue et j'en avais envie de descendre au plus vite.

Après ces pensées dans ma couverture, j'en avais assez de mettre et remettre les pièces dans la tirelire. J'espérais ma femme utiliser elle-même cette tirelire.

La tirelire et l'argent ne sont utiles qu'à ma femme, à

나는 서글픈 마음으로 아내의 꾸지람을 기다렸다. 그러나 아내는 끝내 아무 말도 하지 않았다.

않았을 뿐 아니라 여전히 돈은 돈대로 머리맡에 놓고 가지 않나! 내 머리맡에는 어느덧 은화가 꽤 많이 모였다.

내객이 아내에게 돈을 놓고 가는 것이나 아내가 내게 돈을 놓고 가는 것이나 일종의 쾌감 — 그 외의 다른 아무런 이유도 없는 것이 아닐까 하는 것을 나는 또 이불 속에서 연구하기 시작하였다.

쾌감이라면 어떤 종류의 쾌감일까를 계속하여 연구하였다. 그러나 그것은 이불 속의 연구로는 알 길이 없었다. 쾌감, 쾌감, 하고 나는 뜻밖에도 이 문제에 대해서만 흥미를 느꼈다.

아내는 물론 나를 늘 감금하여 두다시피 하여 왔다. 내게 불평이 있을 리 없다. 그런 중에도 나는 그 쾌감이라는 것의 유무를 체험하고 싶었다.

나는 아내의 밤 외출 틈을 타서 밖으로 나왔다. 나는 거리에서 잊어버리지 않고 가지고 나온 은화를 지폐로 바꾼다. 오 원이나 된다. 그것을 주머니에 넣고 나는 목적지를 잃어버리기 위하여 얼마든지 거리를 쏘다녔다. 오래간만에 보는 거리는 거의 경이에 가까울 만큼 내 신경을 흥분시키지 않고는 마지않았다. 나는 금시에 피곤하여 버렸다.

그러나 나는 참았다. 그리고 밤이 이슥하도록 까닭을 잃어버린 채 이 거리 저 거리로 지향 없이 헤매었다. 돈은

moi, ils n'ont aucun sens, dès le début, j'attendais ma femme les remporter dans sa chambre.

Cependant, elle ne les remportait pas. J'ai pensé à l'apporter dans sa chambre mais je n'ai pas eu l'occasion d'y aller car il y avait trop d'invités. Je n'avais pas d'autre choix que de la laisser tomber dans les toilettes.

J'ai tristement attendu le reproche de ma femme. Mais elle ne m'a rien dit.

De plus, elle continuait à mettre des pièces à mon chevet. Rapidement, beaucoup de pièces se sont encore rassemblées.

J'ai recommencé à étudier dans ma couverture l'acte des invités à laisser l'argent à ma femme ou l'acte de ma femme à me laisser l'argent - ils ne sont peut-être qu'une sorte de plaisir sans aucune autre raison.

J'ai poursuivi mon étude sur quelle sorte de plaisir cela est. Je n'avais pas les moyens d'éclaircir la chose avec l'étude dans la couverture. Contre toute attente, en me disant plaisir, plaisir, je commençais à être intéressé par ce sujet.

Ma femme m'enfermait presque. Mais je n'avais en effet aucune raison de me plaindre. Dans ces moments-ci, j'avais envie d'éprouver cette présence et absence du plaisir.

J'ai profité de la sortie de ma femme pour sortir dehors. Dans la rue, j'échange en billets les pièces que je n'ai pas

물론 한 푼도 쓰지 않았다. 돈을 쓸 아무 엄두도 나서지 않았다. 나는 벌써 돈을 쓰는 기능을 완전히 상실한 것 같았다.

나는 과연 피로를 이 이상 견디기가 어려웠다. 나는 가까스로 내 집을 찾았다. 나는 내 방을 가려면 아내 방을 통과하지 않으면 안 될 것을 알고, 아내에게 내객이 있나 없나를 걱정하면서 미닫이 앞에서 좀 거북살스럽게 기침을 한 번 했더니, 이것은 참 또 너무도 암상스럽게 미닫이가 열리면서 아내의 얼굴과 그 등 뒤에 낯선 남자의 얼굴이 이쪽을 내다보는 것이다. 나는 별안간 내어 쏟아지는 불빛에 눈이 부셔서 좀 머뭇머뭇했다.

나는 아내의 눈초리를 못 본 것은 아니다. 그러나 나는 모른 체하는 수밖에 없었다.

왜? 나는 어쨌든 아내의 방을 통과하지 아니하면 안 되니까…….

나는 이불을 뒤집어썼다. 무엇보다도 다리가 아파서 견딜 수가 없었다.

이불 속에서는 가슴이 울렁거리면서 암만해도 까무러칠 것만 같았다. 걸을 때는 몰랐더니 숨이 차다. 등에 식은땀이 쭉 내배인다. 나는 외출한 것을 후회하였다. 이런 피로를 잊고 어서 잠이 들었으면 좋았다. 한잠 잘 자고 싶었다.

얼마동안이나 비스듬히 엎드려 있었더니 차츰차츰 뚝딱 거리는 가슴 동계가 가라앉는다. 그만해도 우선 살

oubliées. Cela vaut cinq wons*. L'argent dans ma poche, je traînais dans les ruelles afin d'oublier ma destination. Ces rues où j'ai posé le pied après longtemps, étaient presque une merveille, impossible de ne pas exciter mes nerfs. Je me suis vite fatigué. Mais je supportais la fatigue. En oubliant le motif, j'errais de rue en rue jusque tard dans la nuit. Je n'avais bien sûr dépensé aucun sou. Je n'osais pas les utiliser. C'était comme si j'avais perdu la technique d'utiliser l'argent.

Je ne pouvais plus supporter cette fatigue. J'ai retrouvé ma maison avec peine. Je devais traverser la chambre de ma femme pour arriver à ma chambre, j'étais inquiet et gêné de la présence des invités, j'ai alors toussé devant la porte, la porte s'ouvrant méchamment, le visage de ma femme et celui d'un homme inconnu me regardaient. Ébloui devant la lumière arrivant à l'improviste, j'hésitais un peu.

J'ai pu voir le regard de ma femme. Mais je ne pouvais que l'ignorer.

Pourquoi ? Car j'étais de toute manière, obligé de traverser la chambre de ma femme...

J'ai mis ma couverture. La douleur de mes jambes devenait insupportable.

---

*   Unité monétaire coréenne

것 같았다. 나는 몸을 들쳐 반듯이 천장을 향하여 눕고 쭉 다리를 뻗었다.

그러나 나는 또 다시 가슴의 동계를 피할 수 없게 되었다. 아랫방에서 아내와 그 남자의 내 귀에도 들리지 않을 만큼 낮은 목소리로 소곤거리는 기척이 장지 틈으로 전하여 왔던 것이다. 청각을 더 예민하게 하기 위하여 나는 눈을 떴다. 그리고 숨을 죽였다.

그러나 그 때는 벌써 아내와 남자는 앉았던 자리를 툭툭 털고 일어섰고 일어서면서 옷과 모자 쓰는 기척이 나는 듯하더니 이어 미닫이가 열리고 구두 뒤축 소리가 나고 그리고 뜰에 내려서는 소리가 쿵 하고 나면서 뒤를 따르는 아내의 고무신 소리가 두어 발짝 찍찍 나고 사뿐사뿐 나나 하는 사이에 두 사람의 발소리가 대문 쪽으로 사라졌다.

나는 아내의 이런 태도를 본 일이 없다. 아내는 어떤 사람과도 결코 소곤거리는 법이 없다. 나는 윗방에서 이불을 쓰고 누운 동안에도 혹 술이 취해서 혀가 잘 돌아가지 않는 내객들의 담화는 더러 놓치는 수가 있어도 아내의 높지도 낮지도 않은 말소리는 일찍이 한마디도 놓쳐 본 일이 없다.

더러 내 귀에 거슬리는 소리가 있어도 나는 그것이 태연한 목소리로 내 귀에 들렸다는 이유로 충분히 안심이 되었다.

그렇던 아내의 이런 태도는 필시 그 속에 여간하지

Mon cœur palpitait fort et j'avais l'impression de m'évanouir. J'étais essoufflé, je ne m'en étais pas rendu compte lorsque je marchais. Une sueur froide trempait mon dos. Je regrettais d'être sorti. J'avais envie de m'endormir en oubliant cette fatigue. Je voulais bien et longtemps dormir.

Les battements de cœur s'apaisent en restant couché. Je me sentais mieux ainsi. Je me suis remis sur le dos avec mes jambes étendues en regardant le plafond.

Les palpitations sont venues à nouveau. Je sentais la présence de ma femme et de cet homme, ils chuchotaient d'une voix non perceptible à travers la porte. Pour rendre sensible l'ouïe, j'ai ouvert mes yeux. J'ai retenu mon souffle.

Mais à ce moment, ma femme et l'homme se sont relevés, il semblait remettre le manteau et le chapeau, la porte s'ouvrait, on entendait le talon des chaussures, un bruit sourd vers la cour, puis deux pas des chaussures en caoutchouc de ma femme qui suivaient l'homme et leurs pas s'éloignèrent ensuite vers le portail.

Je n'ai jamais vu une telle attitude de ma femme. Jamais, elle ne chuchotait de cette façon avec quelqu'un. Dans ma chambre, recouvert de ma couverture, je pouvais laisser passer quelques conversations des invités ivres avec la langue engourdie mais je ne lâchais aucun mot de sa voix ni trop aigu ni trop grave.

않은 사정이 있는 듯 시피 생각이 되고 내 마음은 좀
서운했으나 그보다도 나는 좀 너무 피로해서 오늘만은
이불 속에서 아무것도 연구하지 않기로 굳게 결심하고
잠을 기다렸다. 낮잠은 좀처럼 오지 않았다. 대문간에 나간
아내도 좀처럼 들어오지 않았다. 그러는 동안에 흐지부지
나는 잠이 들어 버렸다. 꿈이 얼쑹덜쑹 종을 잡을 수 없는
거리의 풍경을 여전히 헤매었다.

나는 몹시 흔들렸다. 내객을 보내고 들어온 아내가
잠든 나를 잡아 흔드는 것이다. 나는 눈을 번쩍 뜨고
아내의 얼굴을 쳐다보았다. 아내의 얼굴에는 웃음이 없다.
나는 좀 눈을 비비고 아내의 얼굴을 자세히 보았다. 노기가
눈초리에 떠서 얇은 입술이 바르르 떨린다. 좀처럼 이
노기가 풀리기는 어려울 것 같았다. 나는 그대로 눈을 감아
버렸다. 벼락이 내리기를 기다린 것이다. 그러나 쌔근 하는
숨소리가 나면서 부스스 아내의 치맛자락 소리가 나고
장지가 여닫히며 아내는 아내 방으로 돌아갔다.

나는 다시 몸을 돌쳐 이불을 뒤집어쓰고는
개구리처럼 엎드리고 엎드려서 배가 고픈 가운데도 오늘
밤의 외출을 또 한 번 후회하였다.

나는 이불 속에서 아내에게 사죄하였다. 그것은 네
오해라고…… 나는 사실 밤이 퍽 이슥한 줄만 알았던
것이다. 그것이 네 말마따나 자정 전인지는 정말이지
꿈에도 몰랐다. 나는 너무 피곤하였다. 오래간만에 나는
너무 많이 걸은 것이 잘못이다.

Il y avait parfois des sons déplaisant mais j'étais suffisamment rassuré d'entendre sa voix calme.

J'étais un peu triste de voir l'attitude de ma femme changer mais je me disais qu'il y avait une raison en elle puis, étant beaucoup trop fatigué, j'ai décidé aujourd'hui de ne réfléchir à rien et d'attendre le sommeil dans ma couverture. Mon sommeil n'arrivait guère. Ma femme sortie par la porte non plus. En attendant, je me suis rendormi. Dans mon rêve, j'errais encore dans le paysage bigarré des rues.

J'étais fort secoué. C'était ma femme revenue qui me secouait après avoir renvoyé l'invité. Je regardais le visage de ma femme après avoir soudainement ouvert les yeux. Aucun sourire sur son visage. Je me suis frotté les yeux et j'ai minutieusement regardé son visage. L'air furieux règne dans son regard et ses fines lèvres tremblent. Il serait difficile de calmer cette colère. J'ai refermé les yeux. J'attendais la foudre tomber. Après un petit soupir et un frottement de jupe, la porte s'est ouverte et refermée, ma femme était retournée dans sa chambre.

Je me suis retourné à plat ventre dans ma couverture comme une grenouille, j'avais faim et je regrettais une fois de plus la sortie de ce soir.

Je présentais mes excuses dans cette couverture. Tout

내 잘못이라면 잘못은 그것 밖에 없다. 외출은 왜 하였더냐고? 나는 그 머리맡에 저절로 모인 오 원 돈을 아무에게라도 좋으니 주어보고 싶었던 것이다. 그뿐이다. 그러나 그것도 내 잘못이라면 나는 그렇게 알겠다. 나는 후회하고 있지 않나? 내가 그 오 원 돈을 써 버릴 수가 있었던들 나는 자정 안에 집에 돌아올 수 없었을 것이다. 그러나 거리는 너무 복잡하였고 사람은 너무도 들끓었다. 나는 어느 사람을 붙들고 그 오 원 돈을 내어 주어야할지 갈피를 잡을 수가 없었다. 그러는 동안에 나는 여지없이 피곤해 버리고 말았던 것이다.

나는 무엇보다도 좀 쉬고 싶었다. 눕고 싶었다. 그래서 나는 하는 수 없이 집으로 돌아온 것이다. 내 짐작 같아서는 밤이 어지간히 늦은 줄만 알았는데, 그것이 불행히도 자정 전이었다는 것은 참 안된 일이다. 미안한 일이다. 나는 얼마든지 사죄하여도 좋다. 그러나 종시 아내의 오해를 풀지 못하였다 하면 내가 이렇게까지 사죄하는 보람은 그럼 어디 있나? 한심하였다.

한 시간 동안을 나는 이렇게 초조하게 굴지 않으면 안 되었다. 나는 이불을 홱 젖혀 버리고 일어나서 장지를 열고 아내 방으로 비칠비칠 달려갔던 것이다. 내게는 거의 의식이라는 것이 없었다.

나는 아내 이불 위에 엎드러지면서 바지 포켓 속에서 그 돈 오 원을 꺼내 아내 손에 쥐어 준 것을 간신히 기억할 뿐이다.

cela est un malentendu… Je pensais que la nuit était assez profonde. Je ne savais vraiment pas comme tu le dis qu'il était avant minuit. J'étais très fatigué. C'était ma faute d'avoir trop marché.

Celle-ci était ma seule faute. Pourquoi être sorti ? Je voulais montrer à n'importe qui les cinq wons rassemblés à mon chevet. C'est tout. Mais si cela était aussi une faute, je l'admettrais. Ne suis-je pas en train de regretter ? Si je pouvais utiliser ces cinq wons, je ne serais pas arrivé avant minuit à la maison. Les rues étaient trop bondées et les personnes se trouvaient en foule. Je ne savais quelle personne arrêter et donner mon argent. J'étais épuisé de ces moments.

Je voulais tout simplement me reposer. Je voulais m'allonger. C'est pour cela que je suis revenu. Je supposais qu'il était déjà tard, il n'était malheureusement même pas minuit. Je suis désolé. Je peux m'excuser autant qu'il faut. Si je ne peux pas clarifier la situation à ma femme, où se trouve le mérite de s'excuser ? Quel minable.

Je ne pouvais ne pas être anxieux pendant une heure. Je me suis relevé après avoir vivement rejeté ma couverture, j'ai ouvert la porte et couru vers ma femme en trébuchant. Je n'avais presque pas de conscience.

Je me souviens à peine d'être tombé en avant dans sa

이튿날 잠이 깨었을 때 나는 내 아내 방 아내 이불 속에 있었다. 이것이 이 33번지에서 살기 시작한 이래 내가 아내 방에서 잔 맨 처음이었다.

해가 들창에 훨씬 높았는데 아내는 이미 외출하고 벌써 내 곁에 있지는 않다. 아니! 아내는 엊저녁 내가 의식을 잃은 동안에 외출한 것인지도 모른다. 그러나 나는 그런 것을 조사하고 싶지 않았다. 다만 전신이 찌뿌드드한 것이 손가락 하나 꼼짝할 힘조차 없었다. 책보보다 좀 작은 면적의 별이 눈이 부시다. 그 속에서 수없이 먼지가 흡사 미생물처럼 난무한다. 코가 콱 막히는 것 같다. 나는 다시 눈을 감고 이불을 푹 뒤집어쓰고 낮잠을 자기에 착수하였다. 그러나 코를 스치는 아내의 체취는 꽤 도발적이었다. 나는 몸을 여러 번 여러 번 비비꼬면서 아내의 화장대에 늘어선 고 가지각색 화장품 병들의 마개를 뽑았을 때 풍기는 냄새를 더듬느라고 좀처럼 잠은 들지 않는 것을 나는 어찌하는 수도 없었다.

견디다 못하여 나는 그만 이불을 걷어차고 벌떡 일어나서 내 방으로 갔다. 내 방에는 다 식어빠진 내 끼니가 가지런히 놓여 있는 것이다. 내 방에는 다 식어 빠진 내 끼니가 가지런히 놓여 있는 것이다. 아내는 내 모이를 여기다 두고 나간 것이다. 나는 우선 배가 고팠다. 한 숟갈을 입에 떠 넣었을 때 그 촉감은 참 너무도 냉회와 같이 써늘하였다. 나는 숟갈을 놓고 내 이불 속으로 들어갔다. 하룻밤을 비었던 내 이부자리는 여전히 반갑게

couverture et d'avoir ensuite mis dans sa main les cinq wons sortis de ma poche.

Quand je me suis réveillé le lendemain, j'étais dans la couverture de ma femme, c'était la première fois que cela m'arrivait depuis qu'on habitait la rue numéro 33.

Le soleil était déjà levé à la fenêtre, ma femme déjà sortie, elle n'était pas à mes côtés. Non ! Peut-être qu'elle est sortie hier soir lorsque j'ai perdu conscience. Je ne veux pas en mener l'enquête. Tout mon corps courbatu, je n'avais même pas la force de lever un doigt. Le soleil à une dimension plus petite qu'un tissu d'emballage de livres m'éblouit. Dans ses rayons, les nombreuses poussières turbulaient comme des micro-organismes. Mon nez semble se boucher complètement. J'ai refermé les yeux et je suis retourné dans la couverture, je voulais recommencer ma sieste. L'odeur de ma femme effleurant mon nez était assez provocateur. Cela m'empêchait de dormir, je ne pouvais pas arrêter de me tortiller sur moi-même et de fouiller dans ma mémoire l'odeur des flacons débouchonnés de la coiffeuse.

Ne pouvant plus supporter, j'ai abandonné la couverture pour aller dans ma chambre. Dans ma chambre se trouvait mon repas ordonné et refroidi. Elle est sortie après avoir laissé ma nourriture. J'avais tout d'abord faim. À une bouchée, je sentais une texture de cendre refroidie. J'ai

ASPIRIN ★ ADA
ADALIN ★ ASPI

★ ASPIRIN ★
★ ADALIN ★

나를 맞아 준다. 나는 내 이불을 뒤집어쓰고 이번에는 참 늘어지게 한잠 잤다. 잘—

내가 잠을 깬 것은 전등이 켜진 뒤다. 그러나 아내는 아직도 돌아오지 않았나보다.

아니! 돌아왔다 또 나갔는지 알 수 없다. 그러나 그런 것을 상고하여 무엇하나? 정신이 한결 난다. 나는 밤일을 생각해 보았다. 그 돈 오 원을 아내 손에 쥐어 주고 넘어졌을 때에 느낄 수 있었던 쾌감을 나는 무엇이라고 설명할 수가 없었다. 그러나 내객들이 내 아내에게 돈 놓고 가는 심리며 내 아내가 내게 돈 놓고 가는 심리의 비밀을 나는 알아낸 것 같아서 여간 즐거운 것이 아니다.

나는 속으로 빙그레 웃어 보았다.

이런 것을 모르고 오늘까지 지내온 내 자신이 어떻게 우스꽝스럽게 보이는지 몰랐다.

따라서 나는 또 오늘 밤에도 외출하고 싶었다. 그러나 돈이 없다. 나는 또 엊저녁에 그 돈 오 원을 한꺼번에 아내에게 주어 버린 것을 후회하였다. 또 고 벙어리를 변소에 갖다 처넣어 버린 것도 후회하였다. 나는 실없이 실망하면서 습관처럼 그 돈 오 원이 들어 있던 내 바지 포켓에 손을 넣어 한번 휘둘러보았다. 뜻밖에도 내 손에 쥐어지는 것이 있었다. 이 원 밖에 없다. 그러나 많아야 맛은 아니다. 얼마간이고 있으면 된다. 나는 그만한 것이 여간 고마운 것이 아니었다.

나는 기운을 얻었다. 나는 그 단벌 다 떨어진

reposé la cuillère et je suis retourné dans ma couverture. Ma literie vide d'une nuit me souhaitait toujours la bienvenue. Cette fois-ci, j'ai fait une bonne sieste sous ma couverture. Bien -

Je me suis réveillé après que la lampe fut allumée. Néanmoins, ma femme n'était pas encore revenue.

Non ! Je ne sais pas si elle est ressortie après être rentrée. À quoi bon examiner méticuleusement tout cela ? Mon esprit est plus clair. Je repense à ce qui s'est passé la nuit dernière. Je ne pouvais pas expliquer mon plaisir d'avoir donné les cinq wons à ma femme en me renversant sur elle. Mais en tout cas, c'était amusant car je pensais avoir reconnu l'état d'esprit des invités à laisser de l'argent à ma femme.

J'ai légèrement souri au fond de moi.

Je ne connaissais pas ce tel jusqu'aujourd'hui et je ne savais pas à quel point j'étais ridicule. Mes épaules dansaient de joie.

Je voulais donc ressortir ce soir. Mais je n'avais pas d'argent. Je regrettais d'avoir donné hier soir, tous mes cinq wons à ma femme. Je regrettais aussi d'avoir jeté ma tirelire dans les toilettes. En étant futilement déçu, j'agitais ma poche où il y avait ces cinq wons, comme par habitude. Contre toute attente, quelque chose venait dans ma main.

코르덴 양복을 걸치고 배고픈 것도 주제 사나운 것도 다 잊어버리고 활갯짓을 하면서 또 거리로 나섰다. 나서면서 나는 제발 시간이 화살 단듯해서 자정이 어서 홱 지나 버렸으면 하고 조바심을 태웠다. 아내에게 돈을 주고 아내 방에서 자 보는 것은 어디까지든지 좋았지만 만일 잘못해서 자정 전에 집에 들어갔다가 아내의 눈총을 맞는 것은 그것은 여간 무서운 일이 아니었다.

　나는 저물도록 길가 시계를 들여다보고 들여다보고 하면서 또 지향 없이 거리를 방황하였다. 그러나 이날은 좀처럼 피곤하지는 않았다. 다만 시간이 좀 너무 더디게 가는 것만 같아서 안타까웠다.

　경성역(京城驛) 시계가 확실히 자정을 지난 것을 본 뒤에 나는 집을 향하였다. 그날은 그 일각대문에서 아내와 아내의 남자가 이야기하고 서 있는 것을 만났다. 나는 모른 체하고 두 사람 곁을 지나서 내 방으로 들어갔다. 뒤이어 아내도 들어왔다. 와서는 이 밤중에 평생 안 하던 쓰레질을 하는 것이었다. 조금 있다가 아내가 눕는 기척을 엿보자마자 나는 또 장지를 열고 아내 방으로 가서 그 돈 이 원을 아내 손에 덥석 쥐어 주고 그리고— 하여간 그 이 원을 오늘 밤에도 쓰지 않고 도로 가져온 것이 참 이상하다는 듯이 아내는 내 얼굴을 몇 번이고 엿보고— 아내는 드디어 아무 말도 없이 나를 자기 방에 재워 주었다. 나는 이 기쁨을 세상의 무엇과도 바꾸고 싶지는 않았다. 나는 편히 잘 잤다.

Deux wons seulement. Il ne m'en faut pas beaucoup. Il m'en faut juste. Ce n'est pas peu à être reconnaissant.

J'ai repris ma vigueur. Avec mon seul costume en velours côtelé, en oubliant ma faim et ma laide mine, je suis ressorti en balançant des bras. J'étais impatient, en sortant, je priais que le temps fuse comme une flèche et dépasse rapidement minuit. J'aimais donner de l'argent à ma femme et dormir dans sa chambre mais je craignais recevoir son regard furieux en rentrant avant minuit. Sans intention ni direction, j'errais dans les rues, je regardais et regardais les horloges jusqu'à qu'il fasse nuit. Ce jour-là, je n'étais guère fatigué. Mais l'heure semblant passer un peu trop lentement était pitoyable.

Je suis rentré chez moi après avoir précisément vu minuit passer sur l'horloge de la gare de Gyeongseong*. Ce jour, je me suis trouvé face à ma femme qui parlait avec un homme devant le portail. Je suis passé devant eux en les ignorant et je suis revenu dans ma chambre. Ma femme est ensuite entrée. Elle commençait à balayer la maison dans la nuit, une chose qu'elle n'avait jamais faite auparavant. Un instant après, dès que j'aperçu ma femme se mettre au lit,

---

*   Ancien nom de Séoul

이튿날도 내가 잠이 깨었을 때는 아내는 보이지 않았다. 나는 또 내 방으로 가서 피곤한 몸이 낮잠을 잤다. 내가 아내에게 흔들려 깨었을 때는 역시 불이 들어온 뒤였다. 아내는 자기 방으로 나를 오라는 것이다. 이런 일은 또 처음이다. 아내는 끊임없이 얼굴에 미소를 띠고 내 팔을 이끄는 것이다. 나는 이런 아내의 태도 이면에 엔간치 않은 음모가 숨어 있지나 않은가 하고 적이 불안을 느끼지 않을 수 없었다.

나는 아내의 하자는 대로 아내의 방으로 끌려갔다. 아내 방에는 저녁 밥상이 조촐하게 차려져 있는 것이다. 생각하여 보면 나는 이틀을 굶었다. 나는 지금 배고픈 것까지도 긴가민가 잊어버리고 어름어름하던 차다.

나는 생각하였다. 이 최후의 만찬을 먹고 나자마자 벼락이 내려도 나는 차라리 후회하지 않을 것을. 사실 나는 인간 세상이 너무나 심심해서 못 견디겠던 차다. 모든 것이 성가시고 귀찮았으나 그러나 불의의 재난이라는 것은 즐겁다.

나는 마음을 턱 놓고 조용히 아내와 마주 이 해괴한 저녁밥을 먹었다.

우리 부부는 이야기하는 법이 없었다. 밥을 먹은 뒤에도 나는 말이 없이 부스스 일어나서 내 방으로 건너가 버렸다. 아내는 나를 붙잡지 않았다. 나는 벽에 기대어 앉아서 담배를 한 대 피워 물고 그리고 벼락이 떨어질 테거든 어서 떨어져라 하고 기다렸다.

j'ai encore ouvert la porte coulissante, je suis allé dans sa chambre et je lui ai précipitamment donné les deux wons et - me regardant plusieurs fois comme si c'était bizarre d'avoir rapporté l'argent sans l'utiliser même ce soir - elle m'a laissé coucher dans sa chambre sans rien dire. Je ne voulais échanger contre rien au monde ce bonheur. J'ai bien dormi.

Le lendemain encore lorsque je me suis réveillé, ma femme n'était pas là. Je suis allé dans ma chambre et mon corps fatigué a fait une sieste. Il y avait déjà de la lumière lorsque je me suis réveillé par la secousse de ma femme. Elle me disait de venir dans sa chambre. C'était la première fois que cela m'arrivait. Elle souriait sans cesse et me conduisait par le bras. Je me demandais si elle ne cachait pas un complot derrière cette attitude, je ne pouvais m'empêcher de m'inquiéter.

Je l'ai suivie comme elle me disait de faire. Le repas était dans sa chambre. En y repensant, je n'ai pas mangé depuis deux jours. J'avais jusqu'à maintenant oublié ma faim et je restais hésitant.

Je réfléchissais. Je ne regretterais pas même si la foudre arrivait après cette cène. J'étais au point de ne plus pouvoir supporter l'ennui du monde humain. Tout était agaçant et gênant, mais l'imprévu désastre m'amusait.

J'ai tout lâché et mangé calmement ce dîner étrange

오 분! 십 분!

그러나 벼락은 내리지 않았다. 긴장이 차츰 풀어지기 시작한다. 나는 어느덧 오늘 밤에도 외출할 것을 생각하고 있었다. 돈이 있었으면 하고 생각하고 있었다.

그러나 돈은 확실히 없다. 오늘은 외출하여도 나중에 올 무슨 기쁨이 있나? 내 앞이 그저 아뜩하였다. 나는 화가 나서 이불을 뒤집어쓰고 이리 뒹굴 저리 뒹굴 굴렀다. 금시 먹은 밥이 목으로 자꾸 치밀어 올라온다. 메스꺼웠다.

하늘에서 얼마라도 좋으니 왜 지폐가 소낙비처럼 퍼붓지 않나? 그것이 그저 한없이 야속하고 슬펐다.

나는 이렇게 밖에 돈을 구하는 아무런 방법도 알지는 못했다. 나는 이불 속에서 좀 울었나 보다.

왜 없느냐면서…….

그랬더니 아내가 또 내 방에를 왔다. 나는 깜짝 놀라 아마 이제야 벼락이 내리려 나보다 하고 숨을 죽이고 두꺼비 모양으로 엎드려 있었다. 그러나 떨어진 입을 새어나오는 아내의 말소리는 참 부드러웠다. 정다웠다. 아내는 내가 왜 우는지를 안다는 것이다. 돈이 없어서 그러는 게 아니란다.

나는 실없이 깜짝 놀랐다. 어떻게 사람의 속을 환하게 들여다보는고 해서 나는 한편으로 슬그머니 겁도 안 나는 것은 아니었으나 저렇게 말하는 것을 보면 아마 내게 돈을 줄 생각이 있나보다, 만일 그렇다면 오죽이나 좋은 일일까. 나는 이불 속에 뚤뚤 말린 채 고개도 들지 않고 아내의

avec ma femme.

Nous ne parlions pas ensemble. Après avoir mangé, je me suis levé et retourné dans ma chambre. Ma femme ne me retenait pas. Je me suis mis contre le mur avec une cigarette et j'attendais la foudre tomber.

Cinq minutes ! Dix minutes !

Mais la foudre n'arrivait pas. Petit à petit, je me mis à me détendre. Je pensais maintenant à sortir cette nuit. J'espérais avoir de l'argent.

Cependant, il était certain que je n'en avais pas. Quel bonheur viendra après la sortie d'aujourd'hui ? J'avais le vertige. Je me roulais de colère par-ci, par-là sous ma couverture. Le repas que je viens de manger me remonte dans la gorge. J'avais la nausée.

Quel que soit le prix, pourquoi ne pleut-il pas d'argent du ciel ? Cela était immensément triste.

Je ne connaissais aucun moyen de gagner de l'argent dehors. J'ai sûrement un peu pleuré dans ma couverture.

En me disant pourquoi il n'y en a pas...

Ma femme est alors venue dans ma chambre. J'étais surpris et je me suis dit que la foudre venait enfin, je restais allongé comme un crapaud en retenant mon souffle. Mais les mots sortant de la bouche de ma femme étaient très doux. Très affectueux. Elle savait pourquoi je pleurais. Elle

다음 거동을 기다리고 있으니까 '옜소'하고 내 머리맡에 내려뜨리는 것은 그 가뿐한 음향으로 보아 지폐에 틀림없었다. 그리고 내 귀에다 대고 오늘일랑 어제보다도 늦게 돌아와도 좋다고 속삭이는 것이다.

그것은 어렵지 않다. 우선 그 돈이 무엇보다도 고맙고 반가웠다.

어쨌든 나섰다. 나는 좀 야맹증이다. 그래서 될 수 있는 대로 밝은 거리로 돌아다니기로 했다.

그리고는 경성역 일 이등 대합실 한 곁 티이루움에를 들렀다. 그것은 내게는 큰 발견이었다. 거기는 우선 아무도 아는 사람이 안 온다. 설사 왔다가도 곧 돌아가니까 좋다. 나는 날마다 여기 와서 시간을 보내리라 속으로 생각하여 두었다. 제일 여기 시계가 어느 시계보다도 정확하리라는 것이 좋았다. 섣불리 서투른 시계를 보고 그것을 믿고 시간 전에 집에 돌아갔다가 큰 코를 다쳐서는 안 된다.

나는 한 복스에 아무것도 없는 것과 마주 앉아서 잘 끓은 커피를 마셨다. 총총한 가운데 여객들은 그래도 한 잔 커피가 즐거운가보다. 얼른얼른 마시고 무얼 좀 생각하는 것같이 담벼락도 좀 쳐다보고 하다가 곧 나가 버린다. 서글프다. 그러나 내게는 이 서글픈 분위기가 거리의 티이루움들의 그 거추장스러운 분위기보다는 절실하고 마음에 들었다. 이따금 들리는 날카로운 혹은 우렁찬 기적 소리가 모오짜르트보다도 더 가깝다.

나는 메뉴에 적힌 몇 가지 안 되는 음식 이름을 치읽고

me demandait si ce n'était pas à cause de l'argent.

J'étais stupidement surpris. Je me demandais comment elle me perçait. Il est vrai que j'avais peur mais je me disais qu'elle allait quand même me donner de l'argent et si c'était le cas, ce serait une très bonne chose. Je ne levais pas la tête et restais roulé dans ma couverture, j'attendais son prochain mouvement, elle me disait « tenez » et vu la légère résonance qui se pose à mon chevet, ce sont certainement des billets. Elle chuchotait à mes oreilles qu'aujourd'hui je pouvais rentrer plus tard qu'hier.

Ce n'était pas difficile. Je lui étais tout d'abord reconnaissant et j'étais ravi d'avoir l'argent.

Je suis alors sorti. Je suis un peu héméralope. J'ai donc décidé de me promener dans les rues lumineuses si possible.

Je suis arrivé au salon de thé à côté de la salle d'attente de première et seconde classe de la gare de Gyeongseong. C'était une très grande découverte pour moi. Tout d'abord, personne n'y vient. Même si une personne vient, elle repart aussitôt. Je pensais venir ici tous les jours et y passer mon temps. J'aimais le fait que l'horloge d'ici était à l'heure. Je n'aimais pas voir et croire en une horloge lentement imprudente et rentrer chez moi plus tôt pour être humilié.

Je buvais un café bien chauffé en étant assis face à rien. Les voyageurs semblaient apprécier leur tasse de café même

내리읽고 여러 번 읽었다. 그 것들은 아물아물하는 것이 어딘가 내 어렸을 때 동무들 이름과 비슷한 데가 있었다.

거기서 얼마나 내가 오래 앉았는지 정신이 오락가락하는 중에 객이 슬며시 뜸해지면서 이 구석 저 구석 걷어치우기 시작하는 것을 보면 아마 닫는 시간이 된 모양이다. 열 한 시가 좀 지났구나, 여기도 결코 내 안주의 곳은 아니구나, 어디 가서 자정을 넘길까? 두루 걱정을 하면서 나는 밖으로 나섰다. 비가 온다.

빗발이 제법 굵은 것이 우비도 우산도 없는 나를 고생을 시킬 작정이다. 그렇다고 이런 괴이한 풍모를 차리고 이 홀에서 어물어물하는 수도 없고 에이 비를 맞으면 맞았지 하고 그냥 나서 버렸다.

대단히 선선해서 견딜 수가 없다. 코르덴 옷이 젖기 시작하더니 나중에는 속속들이 스며들면서 치근거린다. 비를 맞아 가면서라도 견딜 수 있는 데까지 거리를 돌아다녀서 시간을 보내려 하였으나, 인제는 선선해서 이 이상은 더 견딜 수가 없다. 오한이 자꾸 일어나면서 이가 딱딱 맞부딪는다. 나는 걸음을 늦추면서 생각하였다. 오늘 같은 궂은 날도 아내에게 내객이 있을라구? 없겠지, 하는 생각이 드는 것이다.

집으로 가야겠다. 아내에게 불행히 내객이 있거든 내 사정을 하리라. 사정을 하면 이렇게 비가 오는 것을 눈으로 보고 알아주겠지.

부리나케 와 보니까 그러나 아내에게는 내객이

si l'endroit était bondé. Ils sont pressés de boire, semblent penser à quelque chose en regardant le mur et s'en vont bientôt. C'est triste. Mais je préférais cette triste ambiance à l'ambiance embarrassant des salons de thé dans les rues. Le son du sifflet aigre et bruyant que l'on entend parfois ici m'est plus familier que Mozart.

Je lisais et relisais les peu de plats qu'il y avait au menu. Ceux-ci ressemblent vaguement aux noms de mes amis d'enfance.

Ne sachant combien de temps je suis resté assis, je commence à avoir l'esprit embrumé, il y a moins de voyageurs et l'on commence à balayer ici et là, c'est bientôt l'heure de fermer. Il est onze heures passées. Ici non plus, n'est pas l'endroit de ma satisfaction, où passer minuit ? Avec quelques inquiétudes, je suis sorti. Il pleut.

Les grosses gouttes de pluie vont m'ennuyer, moi, sans imperméable ni parapluie. Ne pouvant rester dans ce hall avec mon air douteux et en me disant tant pis, je me suis mis en marche.

Je ne pouvais pas supporter la fraîcheur. Mon costume commence à se tremper puis l'eau s'infiltre opiniâtrement. Je voulais passer mon temps en supportant la pluie et en étant mouillé, mais je ne pouvais plus supporter cette fraîcheur. J'ai des frissons et mes dents tremblent. En pressant le pas,

있었다. 나는 너무 춥고 척척해서 얼떨결에 노크 하는 것을 잊었다. 그래서 나는 보면 아내가 덜 좋아할 것을 그만 보았다.

나는 감발자국 같은 발자국을 내면서 덤벙덤벙 아내 방을 디디고 내 방으로 가서 쭉 빠진 옷을 활활 벗어 버리고 이불을 뒤썼다. 덜덜덜덜 떨린다. 오한이 점점 더 심해 들어온다. 여전 땅이 꺼져 들어가는 것만 같았다. 나는 그만 의식을 잃어버리고 말았다.

이튿날 내가 눈을 떴을 때 아내는 내 머리맡에 앉아서 제법 근심스러운 얼굴이다.

나는 감기가 들었다. 여전히 으스스 춥고 또 골치가 아프고 입에 군침이 도는 것이 씁쓸하면서 다리팔이 척 늘어져서 노곤하다. 아내는 내 머리를 쓱 짚어 보더니 약을 먹어야지 한다. 아내 손이 이마에 선뜻한 것을 보면 신열이 어지간한 모양인데 약을 먹는다면 해열제를 먹어야지 하고 속생각을 하자니까 아내는 따뜻한 물에 하얀 정제약 네 개를 준다. 이것을 먹고 한잠 푹 자고 나면 괜찮다는 것이다. 나는 널름 받아먹었다. 쌉싸래한 것이 짐작 같아서는 아마 아스피린인가 싶다.

나는 다시 이불을 쓰고 단번에 그냥 죽은 것처럼 잠이 들어 버렸다.

나는 콧물을 훌쩍훌쩍 하면서 여러 날을 앓았다. 앓는 동안에 끊이지 않고 그 정제약을 먹었다.

그러는 동안에 감기도 나았다. 그러나 입맛은 여전히

je réfléchissais. Même aujourd'hui, d'un affreux temps, y aurait-il des invités à ma femme ? Non, je pensais qu'il n'y en aurait pas.

Je vais rentrer. Si malheureusement, ma femme a des invités, je supplierais. Si je supplie, elle saurait à vue d'œil qu'il pleut autant.

Arrivé en toute hâte, je me suis rendu compte que ma femme avait des invités. J'ai oublié de frapper à la porte tellement il faisait froid et humide. J'ai vu quelque chose que ma femme aimerait moins si je le voyais.

En laissant mes traces de pied et en éclaboussant, j'ai mis les pieds dans sa chambre et je suis entré dans la mienne, je me suis déshabillé en un clin d'œil et je me suis couvert. Je tremble et je grelotte. Le froid devient plus sévère. La terre semble s'enfoncer. J'ai perdu conscience.

Le lendemain, ma femme assise à mon chevet avait le visage inquiet.

J'ai pris froid. J'ai encore froid, j'ai mal à la tête, l'intérieur de ma bouche est amer, mes jambes et mes bras sont comme abattus. Ma femme me touche le front et me recommande de prendre un médicament. La main de ma femme étant glaciale, je dois avoir de la fièvre et au fond, je me dis donc que je devrais prendre un antipyrétique, ma femme me donne de l'eau tiède et quatre comprimés blancs.

소태처럼 썼다.

　나는 차츰 또 외출하고 싶은 생각이 났다. 그러나 아내는 나더러 외출하지 말라고 이르는 것이다. 이 약을 날마다 먹고 그리고 가만히 누워 있으라는 것이다. 공연히 외출을 하다가 이렇게 감기가 들어서 저를 고생시키는 게 아니란다. 그도 그렇다. 그럼 외출을 하지 않겠다고 맹세하고 그 약을 연복하여 몸을 좀 보해 보리라고 나는 생각하였다.

　나는 날마다 이불을 뒤집어쓰고 밤이나 낮이나 잤다. 유난스럽게 밤이나 낮이나 졸려서 견딜 수가 없는 것이다. 나는 이렇게 잠이 자꾸만 오는 것은 내가 몸이 훨씬 튼튼해진 증거라고 굳게 믿었다.

　나는 아마 한 달이나 이렇게 지냈나보다. 내 머리와 수염이 좀 너무 자라서 후틋해서 견딜 수가 없어서 내 거울을 좀 보리라고 아내가 외출한 틈을 타서 나는 아내 방으로 가서 아내의 화장대 앞에 앉아 보았다. 상당하다. 수염과 머리가 참 상당하였다.

　오늘은 이발을 좀 하리라고 생각하고 겸사겸사 고 화장품 병들 마개를 뽑고 이것저것 맡아 보았다. 한동안 잊어버렸던 향기 가운데서는 몸이 배배 꼬일 것 같은 체취가 전해 나왔다. 나는 아내의 이름을 속으로만 한 번 불러 보았다. "연심이―"하고…… 오래간만에 돋보기 장난도 하였다. 거울 장난도 하였다. 창에 든 볕이 여간 따뜻한 것이 아니었다. 생각하면 오월이 아니냐.

Elle me dit que tout ira bien après avoir dormi en ayant pris cela. J'ai avalé sans hésitation. Je suppose à son goût amer que c'est de l'aspirine.

Après avoir remis ma couverture, je me suis endormi comme si j'étais mort.

J'étais malade plusieurs jours avec le nez qui coule. J'ai pris les comprimés sans interruption.

Pendant ce temps, mon rhume fut guéri. Mais j'avais toujours l'appétit amer comme de l'écorce de sumac.

Je voulais peu à peu sortir. Ma femme me disait de ne pas sortir. Elle me disait de prendre le médicament tous les jours et rester tranquillement allongé. Être sorti inutilement pour être malade et l'ennuyer ne servaient à rien. C'est vrai. J'ai juré de ne pas sortir et de prendre le médicament pour retrouver ma bonne santé.

Sous ma couverture, j'ai dormi nuit et jour. Je ne pouvais particulièrement pas supporter le sommeil que ce soit nuit ou jour. Je croyais fermement que l'envie de dormir venait de mon corps qui se renforçait de plus en plus.

J'ai dû passer un mois comme cela. Je suis allé devant le miroir de ma femme lors de sa sortie car je ne pouvais plus supporter mes cheveux et ma barbe poussés qui me rendaient chaud. Beaucoup. Ma barbe et mes cheveux se sont considérablement poussés.

나는 커다랗게 기지개를 한 번 켜 보고 아내 베개를 내려 베고 벌떡 자빠져서는 이렇게도 편안하고 즐거운 세월을 하느님께 흠씬 자랑하여 주고 싶었다. 나는 참 세상의 아무것과도 교섭을 가지지 않는다. 하느님도 아마 나를 칭찬할 수도 처벌할 수도 없는 것 같다.

그러나 다음 순간 실로 세상에도 이상스러운 것이 눈에 띄었다. 그것은 최면약 아달린 갑이었다.

나는 그것을 아내의 화장대 밑에서 발견하고 그것이 흡사 아스피린처럼 생겼다고 느꼈다. 나는 그것을 열어 보았다. 꼭 네 개가 비었다.

나는 오늘 아침에 네 개의 아스피린을 먹은 것을 기억하고 있었다. 나는 잤다. 어제도 그제도 그끄제도…… 나는 졸려서 견딜 수가 없었다. 나는 감기가 다 나았는데도…… 아내는 내게 아스피린을 주었다. 내가 잠이 든 동안에 이웃에 불이 난 일이 있다. 그때에도 나는 자느라고 몰랐다. 이렇게 나는 잤다. 나는 아스피린으로 알고 그럼 한 달 동안을 두고 아달린을 먹어온 것이다. 이것은 좀 너무 심하다.

별안간 아뜩하더니 하마터면 나는 까무러칠 뻔하였다. 나는 그 아달린을 주머니에 넣고 집을 나섰다. 그리고 산을 찾아 올라갔다.

인간 세상의 아무것도 보기가 싫었던 것이다. 걸으면서 나는 아무쪼록 아내에 관계되는 일은 일체 생각하지 않도록 노력하였다. 길에서 까무러치기

En me disant de me refaire ma coupe, j'ai commencé à enlever les bouchons des produits et je me suis mis à les sentir. Au milieu du parfum que j'avais oublié un bon moment, l'odeur qui semblait tordre le corps venait. J'ai une fois appelé ma femme dans ma tête. « Yeon-sim… ». J'ai joué avec la loupe. Avec le miroir aussi. Le soleil à la fenêtre était plus chaud que d'ordinaire. N'est-ce pas le mois de mai ?

Après m'être étiré et être allongé sur l'oreiller de ma femme, je voulais me vanter à Dieu de ces années confortables et joyeuses. Je ne négocie avec aucune chose du monde. Dieu ne pourrait ni me complimenter ni me punir.

Peu après, j'ai remarqué une chose très bizarre même dans ce monde. La boîte d'adaline, des somnifères.

Je l'ai retrouvé en-dessous de la coiffeuse de ma femme et je pensais qu'elle ressemblait à de l'aspirine. Je l'ai ouverte. Quatre étaient vides.

Je me souviens avoir mangé quatre aspirines ce matin. J'ai dormi. Hier, avant-hier, avant-avant-hier… Je ne pouvais pas résister au sommeil. Même si j'étais guéri de mon rhume, ma femme a continué de me donner de l'aspirine. Il y avait un incendie chez le voisin lorsque je dormais. Je ne le savais pas sur le moment car je dormais. J'ai dormi de cette façon. En croyant que c'était de l'aspirine, j'ai pris de l'adaline pendant un mois. C'en est trop.

쉬우니까다. 나는 어디라도 양지가 바른 자리를 하나 골라 자리를 잡아 가지고 서서히 아내에 관하여서 연구할 작정이었다. 나는 길가의 돌 장판, 구경도 못한 진개나리꽃, 종달새, 돌멩이도 새끼를 까는 이야기, 이런 것만 생각하였다. 다행히 길 가에서 나는 졸도하지 않았다.

거기는 벤치가 있었다. 나는 거기 정좌하고 그리고 그 아스피린과 아달린에 관하여 연구하였다.

그러나 머리가 도무지 혼란하여 생각이 체계를 이루지 않는다. 단 오 분이 못가서 나는 그만 귀찮은 생각이 번쩍 들면서 심술이 났다. 나는 주머니에서 가지고 온 아달린을 꺼내 남은 여섯 개를 한꺼번에 질경질경 씹어 먹어 버렸다. 맛이 익살맞다. 그러고 나서 나는 그 벤치 위에 가로 기다랗게 누웠다. 무슨 생각으로 내가 그 따위 짓을 했나, 알 수가 없다. 그저 그러고 싶었다. 나는 게서 그냥 깊이 잠이 들었다. 잠결에도 바위틈으로 흐르는 물소리가 졸졸 하고 언제까지나 귀에 어렴풋이 들려 왔다.

내가 잠을 깨었을 때는 날이 환히 밝은 뒤다. 나는 거기서 일주야를 잔 것이다. 풍경이 그냥 노오랗게 보인다. 그 속에서도 나는 번개처럼 아스피린과 아달린이 생각났다.

아스피린, 아달린, 아스피린, 아달린, 맑스, 말사스, 마도로스, 아스피린, 아달린…… 아내는 한 달 동안 아달린을 아스피린이라고 속이고 내게 먹였다.

그것은 아내 방에서 이 아달린 갑이 발견된 것으로

J'ai failli m'évanouir d'un vertige. J'ai mis l'adaline dans ma poche et je suis sorti. J'ai cherché et gravi une montagne.

Je ne voulais rien voir de ce monde humain. En marchant, j'ai essayé de ne penser à rien des choses liées à ma femme. En y pensant, je m'évanouirai dans la rue. J'allais choisir un endroit ensoleillé pour tranquillement étudier ma femme. Pour l'instant, je ne pensais qu'aux cailloux au bord de la route, l'azalée que je n'ai pas pu voir fleurir, l'alouette, l'histoire des cailloux qui donnent des œufs... je ne pensais qu'à ces choses. Heureusement, je n'ai pas perdu conscience.

Il y avait un banc. Assis dans une position correcte, j'ai commencé à étudier l'aspirine et l'adaline.

Tout était confus dans ma tête et je n'ai pu mettre un système à mes pensées. Après cinq minutes, j'étais de mauvaise humeur, cela m'ennuyait. J'ai mâché et avalé en une fois les six comprimés d'adaline apportés dans ma poche. Un goût farceur. Je me suis ensuite allongé verticalement sur le banc. Pourquoi avoir fait cela ? Je ne sais pas. J'en avais seulement envie. Je me suis profondément endormi. Somnolant, j'entendais vaguement le bruit de l'eau couler entre les rochers.

Je me suis réveillé sous le jour. J'ai dormi vingt-quatre heures. Tout est jaune devant. Comme un éclair, je pensais

미루어 증거가 너무나 확실하다.

　무슨 목적으로 아내는 나를 밤이나 낮이나 재웠어야 됐나? 나를 밤이나 낮이나 재워 놓고, 그리고 아내는 내가 자는 동안에 무슨 짓을 했나? 나를 조금씩 조금씩 죽이려던 것일까? 그러나 또 생각하여 보면 내가 한 달을 두고 먹어 온 것이 아스피린이었는지도 모른다. 아내는 무슨 근심되는 일이 있어서 밤이면 잠이 잘 오지 않아서 정작 아내가 아달린을 사용한 것이나 아닌지? 그렇다면 나는 참 미안하다. 나는 아내에게 이렇게 큰 의혹을 가졌다는 것이 참 안됐다.

　나는 그래서 부리나케 거기서 내려왔다. 아랫도리가 홰홰 내어 저이면서 어찔어찔한 것을 나는 겨우 집을 향하여 걸었다. 여덟 시 가까이였다.

　나는 내 잘못된 생각을 죄다 일러바치고 아내에게 사죄하려는 것이다. 나는 너무 급해서 그만 또 말을 잊어버렸다. 그랬더니 이건 참 큰일 났다. 나는 내 눈으로 절대로 보아서 안 될 것을 그만 딱 보아 버리고 만 것이다.

　나는 얼떨결에 그만 냉큼 미닫이를 닫고 그리고 현기증이 나는 것을 진정시키느라고 잠깐 고개를 숙이고 눈을 감고 기둥을 짚고 섰자니까, 일 초 여유도 없이 홱 미닫이가 다시 열리더니 매무새를 풀어헤친 아내가 불쑥 내밀면서 내 멱살을 잡는 것이다. 나는 그만 어지러워서 게가 나둥그러졌다.

　그랬더니 아내는 넘어진 내 위에 덮치면서 내 살을

à l'aspirine et à l'adaline.

L'aspirine, l'adaline, l'aspirine, l'adaline, Marx, Malthus, matroos, l'aspirine, l'adaline. Pendant un mois, ma femme m'a trompé et m'a donné de l'adaline prétendant que c'était de l'aspirine.

Le boîte en est la preuve.

Quel est le but de m'avoir fait dormir nuit et jour ? Qu'est-ce qu'elle a fait pendant que je dormais nuit et jour ? Voulait-elle me tuer petit à petit ? En y repensant, peut-être qu'elle m'a bien donné de l'aspirine pendant un mois. N'a-t-elle pas utilisé l'adaline pour elle-même par inquiétude envers quelque chose ? Si c'en est le cas, je suis désolé. Je suis navré d'avoir soupçonné ma femme.

Je suis précipitamment descendu de là. En agitant le bas du corps et en supportant le vertige, je suis redescendu chez moi. Il était presque huit heures.

Je voulais rapporter à ma femme mes mauvaises pensées et m'en excuser. Mais étant tellement pressé, j'ai encore oublié mes mots. Alors, c'est embêtant. J'ai vu quelque chose dont je n'aurais pas dû voir.

Étant bouleversé, j'ai soudainement fermé la porte coulissante et pour calmer le vertige, j'ai baissé la tête et fermé les yeux debout à côté du pilier mais sans une seconde de pause, la porte s'est ouverte et ma femme avec sa tenue

함부로 물어뜯는 것이다. 아파 죽겠다. 나는 사실 반항할 의사도 힘도 없어서 그냥 넙적 엎드려 있으면서 어떻게 되나 보고 있자니까, 뒤이어 남자가 나오는 것 같더니 아내를 한 아름에 덥석 안아 가지고 방으로 들어가는 것이다. 아내는 아무 말 없이 다소곳이 그렇게 안겨 들어가는 것이 내 눈에 여간 미운 것이 아니다. 밉다.

아내는 너 밤새워 가면서 도둑질하러 다니느냐, 계집질하러 다니느냐고 발악이다. 이것은 참 너무 억울하다. 나는 어안이 벙벙하여 도무지 입이 떨어지지를 않았다. 너는 그야말로 나를 살해하려던 것이 아니냐고 소리를 한 번 꽥 질러 보고도 싶었으나, 그런 긴가민가한 소리를 설불리 입 밖에 내었다가는 무슨 화를 볼는지 알 수 없다. 차라리 억울하지만 잠자코 있는 것이 우선 상책인 듯시피 생각이 들길래, 나는 이것은 또 무슨 생각으로 그랬는지 모르지만 툭툭 떨고 일어나서 내 바지 포켓 속에 남은 돈 몇 원 몇십 전을 가만히 꺼내서는 몰래 미닫이를 열고 살며시 문지방 밑에다 놓고 나서는, 나는 그냥 줄달음박질을 쳐서 나와 버렸다.

여러 번 자동차에 치일 뻔 하면서 나는 그래도 경성역으로 찾아갔다. 빈자리와 마주 앉아서 이 쓰디쓴 입맛을 거두기 위하여 무엇으로나 입가심을 하고 싶었다.

커피! 좋다. 그러나 경성역 홀에 한 걸음 들여 놓았을 때 나는 내 주머니에는 돈이 한 푼도 없는 것을 그것을 깜박 잊었던 것을 깨달았다. 또 아뜩하였다. 나는 어디선가

défaite, me saisit par le col. Je suis tombé à terre avec ma tête qui tourne.

Sur moi, ma femme mordait abusivement ma peau. J'avais mal à mourir. Je n'avais pas la force de me rebeller, je suis resté sur mon dos, ensuite, un homme semblait venir. Il porta ma femme et l'emmena dans la chambre. Être calme dans les bras d'un homme est une chose haïssable à mes yeux. Je la déteste.

Ma femme fait rage en me demandant ce que je fais la nuit, si je vais voler quelque chose ou si je vais m'amuser avec d'autres femmes. C'est injuste. J'étais frappé de stupeur et je ne pouvais pas parler. C'est plutôt toi qui allais m'assassiner, j'avais envie de crier ces mots, mais je ne savais pas à quoi m'attendre en laissant échapper ces paroles. Il valait mieux rester silencieux, je ne sais pas pourquoi mais j'ai sorti les quelques wons qui restaient dans ma poche, je les ai laissés au seuil après avoir doucement ouvert la porte coulissante et je me suis sauvé en courant.

J'ai failli me faire renverser plusieurs fois mais je suis bien arrivé à la gare de Gyeongseong, je voulais être face à une chaise vide et rafraîchir mon haleine pour dissiper ce goût amer.

Un café ! Très bien. Un pas dans la gare, je me suis rendu compte que je n'avais pas un sou dans ma poche.

그저 맥없이 머뭇머뭇하면서 어쩔 줄을 모를 뿐이었다. 얼빠진 사람처럼 그저 이리 갔다 저리 갔다 하면서······.

나는 어디로 어디로 들입다 쏘다녔는지 하나도 모른다. 다만 몇 시간 후에 내가 미쓰꼬시 옥상에 있는 것을 깨달았을 때는 거의 대낮이었다.

나는 거기 아무 데나 주저앉아서 내 자라 온 스물여섯 해를 회고하여 보았다. 몽롱한 기억 속에서는 이렇다는 아무 제목도 불거져 나오지 않았다.

나는 또 내 자신에게 물어 보았다. 너는 인생에 무슨 욕심이 있느냐고, 그러나 있다고도 없다고도 그런 대답은 하기가 싫었다. 나는 거의 나 자신의 존재를 인식하기조차도 어려웠다.

허리를 굽혀서 나는 그저 금붕어를 들여다보고 있었다. 금붕어는 참 잘들도 생겼다. 작은놈은 작은놈대로 큰놈은 큰놈대로 다 싱싱하니 보기 좋았다. 내려비치는 오월 햇살에 금붕어들은 그릇 바탕에 그림자를 내려뜨렸다. 지느러미는 하늘하늘 손수건을 흔드는 흉내를 낸다. 나는 이 지느러미 수효를 헤어 보기도 하면서 굽힌 허리를 좀처럼 펴지 않았다. 등이 따뜻하다.

나는 또 오탁의 거리를 내려다보았다. 거기서는 피곤한 생활이 똑 금붕어 지느러미처럼 흐늑흐늑 허우적거렸다. 눈에 보이지 않는 끈적끈적한 줄에 엉켜서 헤어나지들을 못한다. 나는 피로와 공복 때문에 무너져 들어가는 몸뚱이를 끌고 그 오탁의 거리 속으로 섞여 가지

J'avais encore le vertige. J'hésitais debout sans savoir quoi faire. En faisant des aller-retours comme une personne abasourdie...

Je ne sais où est-ce que j'ai rôdé. Mais quelques heures après, je me trouvais à la toiture de Mitsukoshi*, c'était le plein jour.

Je me suis assis n'importe où et j'ai commencé à me remémorer de mes vingt-six ans. Je n'ai rien trouvé d'important dans mes vagues souvenirs.

Je me suis demandé à moi-même. Quel désir as-tu dans la vie, je n'avais ni envie de dire que j'en avais ni envie de dire que je n'en avais pas. Il était difficile pour moi de reconnaître mon existence.

Sans se redresser, je regardais les poissons rouges. Qu'ils sont beaux. Petits ou grands, tels qu'ils sont, ils étaient plein de vie. Sous les rayons du mois de mai, ils laissaient leur ombre sur le bocal. Leurs nageoires se balancent doucement comme des mouchoirs. En comptant le nombre de nageoires, je restais courbé. Mon dos était tiède.

Je regardais la rue sombre. La vie ennuyeuse de là-bas s'agitait telle que les nageoires de poissons rouges. On ne

---

*   Grand magasin construit en 1930

않는 수도 없다 생각하였다.

　　나서서 나는 또 문득 생각하여 보았다. 이 발길이 지금 어디로 향하여 가는 것인가를…… 그때 내 눈앞에는 아내의 모가지가 벼락처럼 내려 떨어졌다. 아스피린과 아달린.

　　우리들은 서로 오해하고 있느니라. 설마 아내가 아스피린 대신에 아달린의 정량을 나에게 먹여 왔을까? 나는 그것을 믿을 수는 없다. 아내가 대체 그럴 까닭이 없을 것이니, 그러면 나는 날밤을 새면서 도둑질을 계집질을 하였나? 정말이지 아니다.

　　우리 부부는 숙명적으로 발이 맞지 않는 절름발이인 것이다. 내나 아내나 제 거동에 로직을 붙일 필요는 없다. 변해할 필요도 없다. 사실은 사실대로 오해는 오해대로 그저 끝없이 발을 절뚝거리면서 세상을 걸어가면 되는 것이다. 그렇지 않을까?

　　그러나 나는 이 발길이 아내에게로 돌아가야 옳은가 이것만은 분간하기가 좀 어려웠다. 가야 하나? 그럼 어디로 가나?

　　이때 뚜우 하고 정오 사이렌이 울었다. 사람들은 모두 네 활개를 펴고 닭처럼 푸드덕거리는 것 같고 온갖 유리와 강철과 대리석과 지폐와 잉크가 부글부글 끓고 수선을 떨고 하는 것 같은 찰나! 그야말로 현란을 극한 정오다.

　　나는 불현듯 겨드랑이가 가렵다. 아하, 그것은 내 인공의 날개가 돋았던 자국이다. 오늘은 없는 이 날개.

peut pas s'en sortir, emmêlé à des fils invisibles. Je me disais que je devrais retourner dans ces rues sales et sombres, avec ce corps plein de fatigue et de faim.

Je me suis levé et j'ai encore réfléchi. Où mes pieds me conduisent-ils... La tête de ma femme est arrivée d'en haut devant moi comme une foudre. L'aspirine et l'adaline.

Il y a un malentendu entre nous. Ne m'a-t-elle tout de même pas donné une certaine quantité d'adaline au lieu de l'aspirine ? Je ne pouvais pas le croire. Il n'y a aucune raison pour qu'elle agisse de cette façon. Alors ai-je volé quelque chose ou me suis-je amusé avec d'autres femmes ? Vraiment, non.

Nous sommes des boiteux et nous ne nous entendons fatalement pas. Nous n'avons aucune raison d'apporter une logique à sa manière ou à ma manière. Nous n'avons pas besoin de s'expliquer et d'éclairer la chose. Laissant la vérité en ce qu'elle est, le malentendu en ce qu'il est, nous pouvons avancer sans fin dans ce monde en boitant. N'est-ce pas ?

Je n'arrivais cependant pas à distinguer si mes pas devaient me reconduire vers ma femme. Devais-je y aller ? Sinon, vers où dois-je me conduire ?

La sirène du midi retentit. Lorsque tout le monde semblait déployer leurs quatre ailes et s'agiter comme des poules, l'instant où le verre, le fer, le marbre, tous les billets

머릿속에서는 희망과 야심이 말소된 페이지가 딕셔너리 넘어가듯 번뜩였다.

나는 걷던 걸음을 멈추고 그리고 일어나 한 번 이렇게 외쳐 보고 싶었다.

날개야 다시 돋아라.

날자. 날자. 한 번만 더 날자꾸나.

한 번만 더 날아 보자꾸나.

et l'encre semblaient bouillonner et faire du bruit, à ce moment-là ! Le midi extrêmement désordonné et splendide vient.

Mes aisselles me grattent subitement. Ah, c'est la trace de mon aile artificielle qui s'était formée. Cette aile non présente aujourd'hui. Dans ma tête, les pages supprimées d'espoir et d'ambition se défilaient comme les pages d'un dictionnaire.

Je me suis arrêté et je me suis redressé, j'avais envie de crier une fois ceci.

Mon aile, reforme-toi.

Volons, volons, volons, volons une fois de plus.

Essayons de voler une fois de plus.

꽃나무

　벌판한복판에 꽃나무하나가있소. 근처(近處)에는꽃나무가하나도없소. 꽃나무는제가생각하는꽃나무를 열심(熱心)으로생각하는것처럼 열심으로꽃을피워가지고섰소. 꽃나무는제가생각하는꽃나무에게갈수없소. 나는막달아났소. 한꽃나무를위(爲)하여 그러는것처럼 나는참그런이상스러운흉내를내었소.

L'arbre à fleurs

Au milieu de la plaine se trouve un arbre à fleurs. Il n'y a aucun arbre à fleurs aux alentours. L'arbre à fleurs, en pensant passionnément à l'arbre auquel il pense, S'est passionnément fleuri. Il ne peut pas aller à l'arbre à fleurs auquel il pense. Je me suis sauvé à toute vitesse. Comme pour souhaiter le bien d'un arbre, je l'ai étrangement imité.

거울

거울속에는소리가없소
저렇게까지조용한세상은참없을것이오

거울속에도내게귀가있소
내말을못알아듣는딱한귀가두개나있소

거울속의나는왼손잡이오내악수(握手)를받을줄모르는—악수(握手)를모르는왼손잡이오

거울때문에나는거울속의나를만져보지를못하는구료마는
거울아니었던들내가어찌거울속의나를만나보기만이라도했겠소

나는지금(至今)거울을안가졌소마는거울속에는늘거울

Le miroir

À l'intérieur du miroir, il n'y a pas de son
Il n'y a point de monde silencieux comme celui-ci

À l'intérieur du miroir, j'ai aussi des oreilles
Il y a deux mêmes oreilles pitoyables qui ne comprennent pas mes mots

À l'intérieur du miroir, je suis gaucher
Il ne sait pas serrer ma main - il est un gaucher qui ne sait pas serrer la main

Moi qui, à cause du miroir, ne peut pas m'atteindre
Aurais-je pu me rencontrer si ce n'était pas dans le miroir

속의내가있소

　　잘은모르지만외로된사업(事業)에골몰할께요

　　거울속의나는참나와는반대(反對)요마는

　　또꽤닮았소

　　나는거울속의나를근심하고진찰(診察)할수없으니퍽섭
섭하오

Je ne possède maintenant pas le miroir, mais il y a toujours le moi du miroir dans le miroir

Je ne sais pas très bien mais je me consacrerai entièrement à mon travail solitaire

Moi dans le miroir, complètement différent de moi

Me ressemble aussi assez

Je suis assez déçu de ne pas pouvoir s'inquiéter pour le moi dans le miroir et l'examiner

Each Tablet c

Allylisopropyl

phenyldimeth

pyrazolono

taining 0.16 gm
arbitapate of
dimethylamine

이런 시(詩)

역사(役事)를하노라고 땅을파다가 커다란돌을하나 끄집어내여놓고보니 도모지어데서인가 본듯한생각이들게모양이생겼는데 목도(木徒)들이 그것을메고나가드니 어데다갖다버리고온모양이길래 쫓아나가보니 위험(危險)하기짝이없는 큰길가드라.

그날밤에 한소나기하얏으니 필시(必是)그돌이깨끗이씻겼을터인데 그이튿날가보니까 변괴(變怪)로다 간데온데없드라. 어떤돌이와서 그돌을업어갔을까 나는참이런처량(悽凉)한생각에서아래와같은작문(作文)을지였도다.

「내가 그다지 사랑하든 그대여 내한평생(平生)에 차마 그대를 잊을수없소이다. 내차례에 못올사랑인줄은 알면서도 나혼자는 꾸준히생각하리다. 자그러면 내내어여쁘소서」

Ce poème

Creuser la terre pour les travaux et en sortir une grande pierre, la regardant, il me semble fortement Qu'elle est d'une forme à avoir vu quelque part, les travailleurs sortent en la portant Et semblent la jeter quelque part, les suivant, j'ai remarqué qu'elle est sur une grande dangereuse rue.

Ayant beaucoup plu cette nuit, la pierre est sûrement devenue propre mais le lendemain, elle eût anormalement disparue. Quelle pierre l'a emportée avec elle, me suis-je dit ceci et cela Et j'ai composé les vers suivants.

« Vous que j'aime à ce point, je ne puis vous oublier toute ma vie. Je sais que c'est un amour sans mon tour mais j'y penserai seul, inlassablement. Alors, restez toujours belle »

어떤돌이 내얼골을 물끄러미 치여다보는것만같아서
이런시(詩)는그만찢어버리고싶드라

À l'idée qu'une pierre me semblait fixer, j'eus envie de déchirer ce poème

오감도 시제1호

13인의아해가도로로질주하오.
(길은막다른골목이적당하오.)

제1의아해가무섭다고그리오.
제2의아해도무섭다고그리오.
제3의아해도무섭다고그리오.
제4의아해도무섭다고그리오.
제5의아해도무섭다고그리오.
제6의아해도무섭다고그리오.
제7의아해도무섭다고그리오.
제8의아해도무섭다고그리오.
제9의아해도무섭다고그리오.
제10의아해도무섭다고그리오.

제11의아해가무섭다고그리오.

Dessin à vol de corbeau poème n°1

Treize enfants filent à toute vitesse vers la route.
(L'impasse est le chemin qui convient.)

Le premier enfant dit qu'il est effrayé.
Le deuxième enfant dit qu'il est aussi effrayé.
Le troisième enfant dit qu'il est aussi effrayé.
Le quatrième enfant dit qu'il est aussi effrayé.
Le cinquième enfant dit qu'il est aussi effrayé.
Le sixième enfant dit qu'il est aussi effrayé.
Le septième enfant dit qu'il est aussi effrayé.
Le huitième enfant dit qu'il est aussi effrayé.
Le neuvième enfant dit qu'il est aussi effrayé.
Le dixième enfant dit qu'il est aussi effrayé.

Le onzième enfant dit qu'il est effrayé.

제12의아해도무섭다고그리오.
제13의아해도무섭다고그리오.
13인의아해는무서운아해와무서워하는아해와그렇게뿐이모였소.(다른사정은없는것이차라리나았소)

그중에1인의아해가무서운아해라도좋소.
그중에2인의아해가무서운아해라도좋소.
그중에2인의아해가무서워하는아해라도좋소.
그중에1인의아해가무서워하는아해라도좋소.

(길은뚫린골목이라도적당하오.)
13인의아해가도로로질주하지아니하여도좋소.

Le douzième enfant dit qu'il est aussi effrayé.
Le treizième enfant dit qu'il est aussi effrayé.

Les treize enfants, terrifiants et terrifiés, se sont seulement rassemblés. (Il aurait mieux valu ne pas avoir d'autre raison)

Un d'entre eux terrifiant, cela est bien.
Deux d'entre eux terrifiant, cela est bien.
Deux d'entre eux terrifiés, cela est bien.
Un d'entre eux terrifiés, cela est bien.

(Dégagé, le chemin convient aussi.)
Même si les treize enfants ne courent pas à toute vitesse vers la route, cela est bien.

오감도 시제4호

환자의 용태에 관한 문제.

1 2 3 4 5 6 7 8 9 0 ·
1 2 3 4 5 6 7 8 9 · 0
1 2 3 4 5 6 7 8 · 9 0
1 2 3 4 5 6 7 · 8 9 0
1 2 3 4 5 6 · 7 8 9 0
1 2 3 4 5 · 6 7 8 9 0
1 2 3 4 · 5 6 7 8 9 0
1 2 3 · 4 5 6 7 8 9 0
1 2 · 3 4 5 6 7 8 9 0
1 · 2 3 4 5 6 7 8 9 0
· 1 2 3 4 5 6 7 8 9 0

진단 0 : 1

     26.10.1931

          이상 책임의사 이 상

Dessin à vol de corbeau poème n°4

Le problème de l'état de santé du patient.

1 2 3 4 5 6 7 8 9 0 ·
1 2 3 4 5 6 7 8 9 · 0
1 2 3 4 5 6 7 8 · 9 0
1 2 3 4 5 6 7 · 8 9 0
1 2 3 4 5 6 · 7 8 9 0
1 2 3 4 5 · 6 7 8 9 0
1 2 3 4 · 5 6 7 8 9 0
1 2 3 · 4 5 6 7 8 9 0
1 2 · 3 4 5 6 7 8 9 0
1 · 2 3 4 5 6 7 8 9 0
· 1 2 3 4 5 6 7 8 9 0

Diagnostic 0 : 1

26. 10. 1931

      Yi Sang, responsable du patient Yi Sang

오감도 시제8호 해부

제1부시험   수술대   1
                수은도말평면경   1
                기압   2배의 평균기압
                온도   개무

    위선마취된 정면으로부터 입체와 입체를 위한 입체가 구비된 전부를 평면경에 영상시킴. 평면경에 수은을 현재와 반대측면에 도말이전함. (광선침입방지에 주의하여)서서히 마취를 해독함. 일축철필과 일장백지를 지급함. (시험담임인은 피시험인과 포옹함을 절대기피할것) 순차수술실로부터 피시험인을 해방함. 익일. 평면경의 종축을 통과하여 평면경을 2편에 절단함. 수은도말 2회.

    ETC 아직도 만족한 결과를 수득치 못하였음.

Dessin à vol de corbeau poème n°8 L'anatomie

Expérience partie 1	Table d'opération	1
	Miroir plan recouvert de mercure	1
	Pression atmosphérique	Deux fois la pression atmosphérique moyenne
	Température	Absence totale

Le solide de la surface frontale anesthésié en premier lieu et le solide pour le solide ont reflété tout l'équipement sur le miroir plan. Sur le miroir, la couverture de mercure est transférée sur la surface présente et latérale opposée. (En faisant attention à la prévention de la pénétration du rayon.) L'anesthésie est peu à peu éliminée. Un stylet avec essieu et une feuille blanche sont donnés. (L'examinateur doit absolument éviter d'étreindre le sujet) Les sujets sont libérés

제2부시험　　　직립한 평면경　　　1
　　　　　　　　조수　　　　　　　수명

　　야외의 진실을 선택함. 위선마춰된 상지의 첨단을 경면에 부착시킴. 평면경의 수은을 박락함. 평면경을 후퇴시킴. (이때 영상된 상지는 반드시 초자를 무사통과 하겠다는 것으로 가설함) 상지의 종단까지. 다음 수은도말. (재래면에)이순간 공전과 자전으로부터 그 진공을 강차시킴. 완전히 2개의 상지를 접수하기까지. 익일. 초자를 전진시킴. 연하여 수은주를 재래면에 도말함(상지의 처분) (혹은 멸형) 기타. 수은도말면의 변경과 전진후퇴의 중복등.
　　ETC 이하 미상

l'un après l'autre des blocs opératoires. Le lendemain. Le miroir est sectionné en deux traversant l'ordonnée du miroir. Deux couvertures de mercure.

ETC Résultat satisfaisant pas encore obtenu.

| Expérience partie 2 | Miroir plan en position verticale | 1 |
| | Assistants | Les noms comptés |

La vérité extérieure est choisie. La pointe du bras anesthésiée est collée à la surface du miroir. Le mercure sur le miroir est taillé. Le miroir est dégagé. (À ce moment, l'hypothèse du bras qui doit absolument traverser le verre avec succès est faite) Jusqu'au bout du bras. Puis, la prochaine couverture de mercure. (Sur la surface présente) À ce moment, les mouvements de révolution et de rotation renforcent le vide. Jusqu'à complètement s'emparer des deux bras. Le lendemain. Le verre est avancé. Liée, la colonne de mercure couvre la surface présente. (Liquidation du bras) (Ou la forme achevée) etc. La modification de la surface couverte de mercure et la répétition de l'avancée et du retrait etc.

ETC Non spécifié ci-dessous

오감도 시제15호

1

나는 거울 없는 실내에 있다. 거울속의 나는 역시 외출중이다. 나는 지금 거울속의 나를 무서워하며 떨고 있다. 거울속의 나는 어디 가서 나를 어떻게 하려는 음모를 하는 중일까.

2

죄를 품고 식은 침상에서 잤다. 확실한 내 꿈에 나는 결석하였고 의족을 담은 군용장화가 내 꿈의 백지를 더럽혀 놓았다.

3

나는 거울속에 있는 실내로 몰래 들어간다. 나를 거울에서 해방하려고, 그러나 거울속의 나는 침울한 얼굴로 동시에 꼭 들어온다. 거울속의 나는 내게 미안한 뜻을 전한다. 내가 그때문에 영어되어 있듯이 그도 나때문에 영어되어 떨고있다.

Dessin à vol de corbeau poème n°15

1. Je suis à l'intérieur sans miroir. Le moi dans le miroir est aussi sorti. Je tremble de peur de moi dans le miroir. Le moi dans le miroir, où va-t-il et quel complot mène-t-il contre moi.

2. J'ai dormi sur un lit refroidi avec mon péché sur moi. Dans mon rêve certain, j'étais absent et les bottes de combat avec des jambes artificiels ont sali la feuille blanche de mon rêve.

3. J'entre en cachette à l'intérieur du miroir. Pour me libérer du miroir, mais le moi dans le miroir entre toujours en même temps que moi avec le visage sombre. Le moi dans le miroir me présente ses excuses. Comme si je suis emprisonné par lui, lui, emprisonné par moi, tremble.

4. Mon rêve où je me suis absenté. Mon miroir où ma représentation n'apparaît pas. Celui aspirant à la solitude

4

내가 결석한 나의 꿈. 내 위조가 등장하지 않는 내 거울. 무능이라도 좋은 나의 고독의 갈망자다. 나는 드디어 거울속의 나에게 자살을 권유하기로 결심하였다. 나는 그에게 시야도 없는 들창을 가리키었다. 그 들창은 자살만을 위한 들창이다. 그러나 내가 자살하지 아니하면 그가 자살할 수 없음을 그는 내게 가르친다. 거울속의 나는 불사조에 가깝다.

5

내 왼편 가슴 심장의 위치를 방탄금속으로 엄폐하고 나는 거울속의 내 왼편 가슴을 겨누어 권총을 발사하였다. 탄환은 그의 왼편 가슴을 통과하였으나 그의 심장은 바른편에 있다.

6

모형심장에서 붉은 잉크가 엎질러졌다 내가 지각한 내 꿈에서 나는 극형을 받았다. 내 꿈을 지배하는 자는 내가 아니다. 악수할 수조차 없는 두 사람을 봉쇄한 거대한 죄가 있다.

même en étant incompétent. J'ai enfin décidé de proposer le suicide à moi dans le miroir. Je lui ai montré la petite lucarne où il n'y a même pas de vue. Cette fenêtre sert seulement au suicide. Cependant, il m'apprend que si je ne me suicide pas, lui non plus ne peut se suicider. Le moi dans le miroir est proche d'un phénix.

5. En couvrant l'emplacement du cœur de ma poitrine gauche du métal blindé, j'ai tiré un coup de pistolet sur la poitrine gauche du moi dans le miroir. La balle a traversé sa poitrine gauche mais son cœur est du bon côté.

6. L'encre rouge s'est répandue du modèle du cœur, j'ai reçu une peine de mort dans mon rêve où je suis arrivé en retard. Ce n'est pas moi qui domine sur mon rêve. Un immense péché qui a même séparé deux personnes incapables de se serrer la main existe.

오감도 작자의 말

왜 미쳤다고들 그러는지 대체 우리는 남보다 수 십 년씩 떨어지고도 마음놓고 지낼 작정이냐. 모르는 것은 내 재주도 모자랐겠지만 게을러 빠지게 놀고 만 지내던 일도 좀 뉘우쳐 봐야 아니 하느냐. 여남은 개쯤 써 보고서 시 만들 줄 안다고 잔뜩 믿고 굴러다니는 패들과는 물건이 다르다. 이천점에서 삼십점을 고르는데 땀을 흘렸다. 31년 32년 일에서 용대가리를 딱 꺼내어 놓고 하도들 야단에 배암 꼬랑지커녕 쥐꼬랑지도 못 달고 그냥 두니 서운하다. 깜박 신문이라는 답답한 조건을 잊어버린 것도 실수지만 이태준 박태원 두 형이 끔찍이도 편을 들어 준 데는 절한다.

철(鐵) — 이것은 내 새길의 암시요 앞으로 제 아무에게도 굴하지 않겠지만 호령하여도 에코 — 가 없는 무인지경은 딱하다. 다시는 이런 — 물론 다시는 무슨 다른 방도가 있을 것이고 위선 그만둔다. 한동안 조용하게

Le mot de l'auteur des poèmes de dessin à vol de corbeau

Pourquoi me traiter de fou, avons-nous l'intention de rester en abandon même en étant retardés d'une dizaine d'années par rapport aux autres. Ne pas savoir vient aussi de mon manque de talent mais il faut aussi se repentir des jours à avoir paressé. Avoir écrit une dizaine de poèmes et traîner en croyant savoir ce qu'est le poème, je suis différent de ce genre de groupe. J'ai durement choisi trente entre les deux milles. Après un travail de trente et un, trente-deux ans, j'en ai sorti la tête du dragon mais je suis contraint, loin de pouvoir sortir la queue du serpent, de ne même pas pouvoir sortir la queue du rat à cause des réprimandes. C'est ma faute d'avoir oublié les conditions étouffantes des journaux tremblotants, je remercie malgré tout Lee Tae-jun et Park Tae-won de m'avoir si fortement supporté.

Le fer – Ceci est l'allusion à mon nouveau chemin, je

공부나 하고 딴은 정신병이나 고치겠다.

ne me laisserai pas céder mais même si je foudroie, ce sera sans écho – Le désert qui m'attend est pitoyable. Plus jamais – Bien sûr, il y aura un autre moyen mais je m'arrête là pour l'instant. Je vais calmement étudier un bon moment et guérir cette maladie mentale.

동생 옥희 보아라

『중앙』1936년 9월호
동생 옥희 보아라-세상 오빠들도 보시오

팔월 초하룻날 밤차로 너와 네 연인은 떠나는
것처럼 나한테는 그래놓고 기실은 이튿날 아침차로 가
버렸다. 내가 아무리 이 사회에서 또 우리 가정에서 어른
노릇을 못하는 변변치 못한 인간이라기로서니 그래도
너희들보다야 어른이다.

 '우리 둘이 떨어지기 어렵소이다.' 하고 내게 그야말로
'강담판(强談判)'을 했다면 낸들 또 어쩌랴. 암만 '못한다'고
딱 거절했던 일이라도 어머니나 아버지 몰래 너희 둘
안동시켜서 쾌히 전송(餞送)할 내 딴은 이해도 아량도
있다. 그것을, 나까지 속이고 그랬다는 것을 네 장래의 행복
이외의 아무것도 생각할 줄 모르는 네 큰오빠 나로서 꽤
서운히 생각한다.

À ma sœur Ok-Hee

Journal Central, septembre 1936

À ma sœur Ok-Hee - à tous les frères du monde

En faisant comme si tu prenais le train de nuit du premier jour d'août, ton amoureux et toi êtes en réalité partis le lendemain matin. Même si je suis un bon à rien qui ne sais pas prendre le rôle de l'adulte dans cette société ou dans notre famille, je suis plus âgé que vous.
'Il est difficile de nous séparer.', si tu m'avais mis les choses au clair plus fermement comme ceci, qu'aurais-je pu faire de plus. Même en ayant refusé, me disant 'Je ne peux pas.', j'aurais eu la générosité de vous renvoyer ensemble avec respect sans que notre mère ou notre père ne le sache. Je suis assez déçu, en tant que ton grand frère qui ne pense

예정대로 K가 팔월 초하룻날 밤 북행차(北行車)로
떠난다고, 그것을 일러 주려 하룻날 아침에 너와 K 둘이서
나를 찾아왔다. 요 전날 너희 둘이 의논차 내게 왔을 때
말한 바와 같이 K만 떠나고 옥희 너는 네 큰오빠 나와 함께
K를 전송하기로 한 것인데, 또 일의 순서상 일은 그렇게
하는 것이 옳지 않았더냐.

그것을 너는 어쩌면 그렇게 천연스러운 얼굴로
"그럼 오빠, 이따가 정거장에 나오세요"
"암! 나가구말구, 이따 게서 만나자꾸나"
하고 헤어진 것이 그게 사실로 내가 너희들을 전송한
모양이 되었고 또 너희 둘로서 말하면 너희끼리는 미리
그렇게 짜고 그래도 내게 작별 모양이 되었다.

나는 고지식하게도 밤에 차 시간을 맞춰서 비 오는데
정거장까지 나갔겠다. 내가 속으로 미리미리 꺼림칙이
여겨 오기를,
'요것들이 필시 내 앞에서 뻔지르르하게 대답을 해
놓고 뒤꽁무니로는 딴 궁리들을 차렸지!'
했더니 아니나 다를까.
개찰도 아직 안 했는데 어째 너희 둘 모양이 아니
보이더라. '이것 필시(必是)!' 하면서도 그래도 끝까지
기다려보았으나 종시 너희 둘의 모양은 보이지 않고
말았다. 나는 그냥 입맛을 쩍쩍 다시고 집으로 돌아왔다.
와서는 그래도

qu'à ton bonheur futur, que tu m'aies menti.

Afin de me prévenir que K partira vers le nord le premier jour d'août comme prévu, vous êtes venus me retrouver le matin même. Comme tu me l'as dit la veille, lorsque vous êtes venus en discuter avec moi, K part seul et toi, Ok-Hee avec moi, ton grand-frère, allions seulement le raccompagner à la gare, puis c'est justement cela qui suit l'ordre des choses.

Comment pouvais-tu me dire avec cet air naturel
« Grand-frère alors, venez tout à l'heure à la gare »
« Bien sûr que j'irai ! Voyons-nous là-bas tout à l'heure »

Moi j'ai répondu comme ce dernier puis nous nous sommes séparés, ce fut comme si je vous avais renvoyés, vous aviez à l'avance entre vous forgé le plan de partir, cela a fini par être un au revoir pour moi.

Naïvement, je suis sorti à la gare la nuit à l'heure du train alors qu'il pleuvait. J'étais à l'avance inquiet,
'Ils m'ont soigneusement répondu puis derrière ils se sont creusé la tête à faire autre chose !'
En me disant ceci, je m'en suis douté.
Je ne vous voyais pas, même avant le contrôle de billets.

'아마 K의 양복 세탁이 어쩌니 어쩌니 하더니
그래저래 차 시간을 못 대인 게지, 좌우간에 무슨 통지가
있으렷다'

하고 기다렸다.

못 갔으면 이튿날 아침에 반드시 내게 무슨 통지고
통지가 있어야 할 터인데 역시 잠잠했다. 허허— 하고 나는
주춤주춤하다가 동경서 온 친구들과 그만 석양판부터
밤새도록 술을 먹고 말았다.

물론 옥희 네 얼굴 대신에 한 통의 전보가 왔다. 옥희
함께 왔어도 근심 말라는 K의 '독백'이구나.

나는 전보를 받아 들고 차라리 회심의 미소를 금할 수
없을 만하였다. 너희들의 그런 이도(利刀)가 물을 베이는
듯한 용단을 쾌히 여긴다.

옥희야! 내게만은 아무런 불안한 생각도 가지지 마라!

다만 청천벽력처럼 너를 잃어버리신 어머니
아버지께는 마음으로 잘못했습니다고 사죄하여라.

나 역(亦) 집을 나가야겠다. 열두 해 전 중학을 나오던
열여섯 살 때부터 오늘까지 이 허망한 욕심은 변함이 없다.

작은오빠는 어디로 또 갔는지 들어오지 않는다.

너는 국경을 넘어 지금은 이역(異域)의 인(人)이다.

우리 삼 남매는 모조리 어버이 공경할 줄 모르는
불효자식들이다.

그러나 우리들은 이것을 그르다고 생각하지는 않는다.

갔다 와야 한다. 갔다 비록 못 돌아오는 한이 있더라도

Je me suis dit 'À coup sûr !' mais j'ai attendu jusqu'au bout, je n'ai finalement pas pu vous voir. Je suis rentré chez moi en clapant de la langue.

En étant rentré,

'Elle a parlé de la lessive du costume de K et n'a pas pu arriver à l'heure, il y aura de toute façon un retour de sa part'

Me suis-je dit et j'ai attendu.

Si tu n'étais pas partie, tu m'aurais informé le lendemain matin mais tout était en effet calme. Je me suis dit Ha ha - en hésitant, j'ai fini par boire toute la nuit à partir du coucher de soleil avec mes amis venus de Tokyo.

Bien entendu, j'ai reçu un télégramme à la place de ton visage. Un 'monologue' de K me rassurant que Ok-Hee était avec lui.

En le recevant, je ne pouvais m'empêcher de laisser place à un sourire d'autosatisfaction. Votre détermination qui ressemble à un couteau tranchant l'eau me plaît.

Ok-Hee ! Qu'aucune inquiétude pour moi ne t'atteigne !

Excuse-toi cependant à notre mère et père qui t'ont perdue comme d'un coup de tonnerre.

Je vais moi aussi quitter la maison. Depuis douze ans, du moment où j'ai fini le premier cycle de mes études à seize ans jusqu'à aujourd'hui, mon désir illusoire reste le même.

가야 한다.

너는 네 자신을 위하여서도 또 네 애인을 위하여서도 옳은 일을 하였다. 열두 해를 두고 벼르나 남의 맏자식 된 은애(恩愛)의 정에 이끌려선지 내 위인(爲人)이 변변치 못해 그랬든지 지금껏 이 땅에 머물러 굴욕의 조석(朝夕)을 송영(送迎)하는 내가 지금 차라리 부끄럽기 짝이 없다.

너희들의 연애는 물론 내게만은 양해된 바 있었다. K가 그 인물에 비겨서 지금 불우(不遇)의 신상(身上)이라는 것도 나는 잘 알고 있다.

다행히 K는 밥 먹을 걱정은 안 해도 좋은 집안에 태어났다. 그렇다고 밥이나 먹고 지내면 그만이지 하는 인간은 아니더라.

K가 내게 말한 바 K의 이상(理想)이라는 것을 나는 비판하지 않는다.

그것도 인생의 한 방도리라. 다만 그것이 어디까지든지 굴욕에서 벗어나려는 일념인 것이니 그렇다는 이유만으로도 나는 인정해야 하리라.

나는 차라리 그가 나처럼 남의 맏자식임에도 불구하고 집을 사뭇 떠나겠다는 '술회'에 찬성했느니라.

허허벌판에 쓰러져 까마귀밥이 될지언정 이상에 살고 싶구나. 그래서 K의 말대로 삼 년, 가 있다 오라고 권하다시피 한 것이다.

삼 년— 삼 년이라는 세월은 상사(相思)의 두

Ton autre frère, ne sachant où il est parti, ne rentre point.

Toi, tu passes la frontière et tu es maintenant partie à l'étranger.

Nous sommes tous les trois des ingrats qui ne savent pas respecter nos parents.

Mais nous ne le considérons pas comme une chose incorrecte.

Tu iras et tu reviendras. Vas-y même si tu ne peux plus revenir.

Tu as fait quelque chose de bon pour toi-même et pour ton amoureux. Même après une préparation de douze ans, par le fait que tu sois partie par l'affection d'être devenue membre d'une autre famille ou que ma personnalité est celle d'un bon à rien, rester sur cette terre pour l'envoie et la réception des personnes du matin au soir m'est maintenant plutôt honteux.

Votre relation m'était tolérée. Je sais très bien que K, comparé à l'autre personne, est maintenant dans une situation difficile.

Heureusement, K est né dans une bonne famille à ne pas s'inquiéter du repas. Mais il n'était pas le genre d'humain à manger et rester à sa place.

사람으로서는 좀 긴 것 같이 생각이 들더라. 그래서 옥희 너는 어떻게 하고 가야 하나 하는 문제가 났을 때 나는ㅡ.

너희 두 사람의 교제도 1년이나 가까워 오니 그만하면 서로 충분히 서로를 알았으리라. 그놈이 재상(宰相) 재목이면 무엇하겠느냐, 네 눈에 안 들면 쓸 곳이 없느니라. 그러니 내가 어쭙잖게 주둥이를 디밀어 이러쿵저러쿵할 계제가 못 되는 일이지만ㅡ.

나는 나 유(流)로 그저 이러는 것이 어떻겠느냐는 정도로 또 그래도 네 혈족의 한 사람으로서 잠자코만 있을 수도 없고 해서ㅡ.

삼 년은 과연 너무 기니 위선 삼 년 작정하고 가서 한 일 년 있자면 웬만큼 생활의 터는 잡히리라. 그렇거든 돌아와서 간단히 결혼식을 하고 데려가는 것이 어떠냐. 지금 이대로 결혼식을 해도 좋기는 좋지만 그것은 어째 결혼식을 위한 결혼식 같아서 안됐다. 결혼식 같은 것은 나야 그야 우습게 알았다. 하지만 어머니 아버지도 계시고 사람들의 눈도 있고 하니 그저 그까짓 일로 해서 남의 조소를 받을 것도 없는 일이요ㅡ.

이만큼 하고 나서 나는 K와 너에게 번갈아 또 의사를 물었다.

K는 내 말대로 그러만다. 내년 봄에는 꼭 돌아와서 남 보기 흉하지 않을 정도로 결혼식을 한 다음 데려가겠다는 것이다. 그러나 네 말은 이와 다르다. 즉 결혼식 같은 것은 언제 해도 좋으니 같이 나서겠다는 것이다. 살아도 같이

Je ne critique pas l'idéal de K dont il m'en a parlé.

Cela est aussi une solution à la vie. Cependant, je dois reconnaître par cette raison que c'est une détermination à vouloir s'en sortir de l'humiliation.

J'ai plutôt été d'accord avec ses profonds sentiments, qu'il parte sa famille même s'il en est l'aîné, tout comme moi.

Même en devenant le repas du corbeau, évanoui dans une vaste plaine, j'aimerais vivre dans l'idéal. Alors, comme K l'a dit, j'ai presque recommandé d'y aller et d'y rester trois ans.

Trois ans – Une durée de trois ans à vous manquer mutuellement me semblait longue. Alors, devant le problème de te laisser ou de ne pas te laisser, Ok-Hee, je -.

Votre relation atteint presque un an et vous devez suffisamment vous connaître. À quoi cela sert, qu'il ait l'avenir du premier ministre, s'il ne te plaît pas. Il est alors embarrassant que j'ajoute par ma bouche ceci et cela, je ne suis même pas au degré d'en arriver là mais -.

Je ne pouvais pas me taire en étant du même sang que toi, j'ai laissé passer quelques mots, que cela vaudrait mieux -.

Trois ans est en effet trop long, mais il faut qu'il aille en se disant y rester ces trois ans pour que la base de vie se forme pas mal au bout d'un an. Ensuite, revenir pour

살고 죽어도 같이 죽고 해야지 타역(他域)에 가서 어떻게
될는지도 모르는 것을 그냥 입을 딱 벌리고 돌아와서
데려가기만 기다릴 수 없단다. 그리고 또 남자의 마음
믿기도 어렵고— 우물 안 개구리처럼 자라난 제가 고생
한번 해보는 것도 좋지 않으냐는 네 결의였다.

아직은 이 사회 기구(社會機構)가 남자 표준이다.
즐거울 때 같이 즐기기에 여자는 좋다. 그러나 고생살이에
여자는 자칫하면 남자를 결박하는 포승 노릇을 하기
쉬우니라. 그래서 어느 만큼 자리가 잡히도록은 K 혼자
내어버려 두라고 재삼 내가 다시 충고하였더니 너도
OK의 빛을 보이고 할 수 없이 승낙하였다. 그리고 나는
너 보는 데서 K에게 굳게굳게 여러 가지로 다짐을 받아
두었건만—.

이제 와서 알았다. 너희 두 사람의 애정에 내 충고가
낑기울 백지 두께의 틈바구니도 없었다는 것을 말이다.
또한 내 마음이 든든하지 않으랴.

삼 남매의 막내둥이로 내가 너무 조숙(早熟)인 데
비해서 너는 응석으로 자라느라고 말하자면 '만숙(晚
熟)'이었다. 학교 시대에 인천이나 개성을 선생님께
이끌려가 본 이외에 너는 집 밖으로 십 리를 모른다. 그런
네가 지금 국경을 넘어서 가 있구나 생각하면 정신이 번쩍
난다.

어린애로만 생각하던 네가 어느 틈에 그런 엄청난

un simple mariage et y retourner avec toi. Il est bon de se marier maintenant mais cela ne semble être qu'un mariage pour le mariage. La cérémonie de mariage me semblait indifférent. Mais il y a notre mère et père et les yeux des autres, il ne faut pas recevoir le ricanement des autres par cette affaire -.

J'en ai dit jusque-là puis j'ai demandé à K et toi vos avis.

K affirmait qu'il ferait ce que je disais. Il reviendra au printemps prochain et se mariera à toi à un degré non honteux aux yeux des autres puis t'emmènera. Mais ce que tu dis est différent. Peu importe quand, il valait mieux partir ensemble. Il vaut mieux vivre ensemble et mourir ensemble plutôt que d'attendre la bouche ouverte sans rien savoir en le laissant dans un pays qui n'est pas son pays natal. Puis, il est difficile de croire en le cœur d'un homme – ta décision était qu'il serait bon de vivre des difficultés, après être grandie comme une grenouille au fond d'un puits.

L'organisation de cette société est encore la norme de l'homme. La femme est bien à s'amuser ensemble dans les moments joyeux. Dans les moments de peine, la femme peut devenir une corde à ligoter l'homme. J'ai encore conseillé plusieurs fois qu'il faut ainsi laisser K tout seul s'établir et tu as laissé un OK, en acceptant à contrecœur. Là

어른이 되었누.

    부모들도 제 따님들을 옛날 당신네들이 자라나던 시절 따님 대접하듯 했다가는 엉뚱하게 혼이 나실 시대가 왔다. 오빠들이 어림없이 동생을 허명무실(虛名無實)하게 '취급'했다가는 코 떼일 시대다. 나는 그렇게 느꼈다.

    나는 망치로 골통을 얻어맞은 것처럼 어찔어찔한 가운데서도 네가 집을 나가지 않으면 안 된 이유를 생각해 본다.

    첫째, 너는 네 애인의 전부를 독점해야 하겠다는 생각이겠으니 이것이야 인력으로 좌우되는 일도 아니겠고 어쩔 수도 없는 일이다.

    둘째, 부모님이 너희들의 연애를 쾌히 인정하려 들지 않은 까닭이다. 제 자식들의 연애가 정당했을 때 부모는 그 연애를 인정해 주어야 할 뿐만 아니라 나아가서는 그 연애를 좋게 지도할 의무가 있을 터인데ㅡ. 불행히 우리 어머니 아버지는 늙으셔서 그러실 줄을 모르신다. 네게는 이런 부모를 설복할 심경의 여유가 없었다. 그냥 행동으로 보여 주는 밖에는 없었다.

    셋째, 너는 확실치 못하나마 생활이라는 인식을 가졌다. '여자에게도 직업이 있어서 경제적으로 언제든지 독립해 보일 실력이 있어야만 한다.'는 것이 부모님 마음에는 안 드는 점이었다. '돈 버는 것도 좋지만 기집애 몸 망치기 쉬우니라.'는 것은 부모님들의 말씀이시다.

où tu étais, j'ai plusieurs fois fait promettre à K fermement -.

J'ai maintenant compris. Votre amour à vous ne laissait même pas l'espace d'une feuille blanche à mon conseil. Puis je suis maintenant rassuré.

Moi, j'étais prématuré tandis que toi, dernière des trois enfants, grandie en enfant gâtée, tu étais 'post-maturé'. Lors de ta scolarité, à part suivre le professeur à Incheon* ou Gaeseong**, tu ne connaissais pas l'au-delà des quatre kilomètres aux alentours de la maison. Je me rends compte maintenant que tu as passé la frontière.

Quand es-tu devenue une si impressionnante adulte alors que je ne te voyais qu'en une enfant.

Il est venu le temps où les parents doivent excentriquement être effrayés de considérer leur fille en petite fille d'auparavant. Les grands-frères, 'considérant' la petite sœur sans nom et sans contenu, seront aussi pris au piège. Je l'ai ressenti ainsi.

En ayant la tête qui tourne comme frappée par un marteau, je réfléchis à la raison pour laquelle tu ne dois pas rester à la maison.

Premièrement, tu dois penser à tout avoir de ton

---

*   Ville portuaire située à l'ouest de Séoul
** Ville actuellement située en Corée du Nord

너 혼자 힘으로 암만해도 여기서 취직이 안 되니까
경도(京都) 가서 여공 노릇을 하면서 사는 네 동무에게
편지를 하여 그리 가서 같이 여공이 되려고까지 한 일이
있지. 그냥 살자니 우리 집은 네 양말 한 켤레를 마음대로
사 줄 수 없을 만치 가난하다. 이것은 네 큰오빠 내가 네게
다시없이 부끄러운 일이다만―. 그러나 네가 한 번도 나를
원망한 일은 없는 것을 나는 고맙게 안다.

그런 너다. K의 포승이 되기는커녕 족히 너도 너대로
활동하면서 K를 도우리라고 나는 믿는다.

기왕 나갔다. 나갔으니 집의 일에 연연하지 말고
너희들이 부끄럽지 않은 성공을 향하여 전심(專心)을
써라. 삼 년 아니라 십 년이라도 좋다. 패잔한 꼴이거든 그
벌판에서 개밥이 되더라도 다시 고토(故土)를 밟을 생각을
마라.

나도 한 번은 나가야겠다. 이 흙을 굳게 지켜야 할 것도
잘 안다. 그러나 지켜야 할 직책과 나가야 할 직책과는
스스로 다를 줄 안다. 네가 나갔고 작은오빠가 나가고 또
내가 나가버린다면 늙으신 부모는 누가 지키느냐고? 염려
마라. 그것은 맏자식 된 내 일이니 내가 어떻게라도 하마.
해서 안 되면―. 혁혁한 장래를 위하여 불행한 과거가
희생되었달 뿐이겠다.

너희들이 국경을 넘던 밤에 나는 주석(酒席)에서

amoureux et ceci n'étant pas sous l'influence de la force humaine, on ne peut rien y faire.

Deuxièmement, c'est parce que nos parents n'acceptent pas votre relation avec plaisir. Si la relation amoureuse de leurs enfants est juste, les parents doivent non seulement l'accepter mais ont aussi le devoir de guider cette relation vers un bon chemin -. Malheureusement, notre mère et père sont vieux, ils ne savent pas le faire. Tu n'avais pas l'esprit tranquille à les convaincre. Tu ne pouvais que montrer par ton action.

Dernièrement, même si ce n'est pas certain, tu as reconnu ce qu'est la vie. 'Une femme doit avoir un métier et prouver qu'elle a la compétence de prendre son indépendance économique.', ceci ne plaisait pas à nos parents. 'Gagner de l'argent est bien mais il est facile pour une femme d'abîmer son corps.', ont-ils dit.

Il y a cette fois où tu voulais de tes propres forces obtenir un emploi, ne le pouvant pas ici, tu as écrit à ton amie qui travaille en tant qu'ouvrière à Hamgyeong* que tu voulais aussi devenir comme elle et travailler là-bas. Nous sommes pauvres au point de ne pas pouvoir t'acheter une

---

*   Région au nord-est, actuellement située en Corée du Nord

'올림픽' 보도를 듣고 있었다. 우리들은 이대로 썩어서는 안 된다. 당당히 이들과 열(列)하여 똑똑하게 살아야 하지 않겠느냐. 정신 차려라!

 신당리(新堂里) 버티고개 밑 오동나뭇골 빈민굴에는 송장이 다 되신 할머님과 자유로 기동도 못 하시는 아버지와 오십 평생을 고생으로 늙어 쭈그러진 어머니가 계시다. 네 전보를 보시고 이분들이 우시었다. 너는 날이면 날마다 그 먼 길을 문안으로 내게 왔다. 와서 그날의 양식(糧食)거리를 타 갔다. 이제 누가 다니겠니.
 어머니는 "내가 말[馬]을 잃어버렸구나. 이거 허전해서 어디 살겠니." 하시더라. 그날부터는 내가 다 떨어진 구두를 찍찍 끌고 말 노릇을 하는 중이다.
 이런 것 저런 것을 비판 못 하시는 부모는 그저 별안간 네가 없어졌대서 눈물이 비 오듯 하시더라. 그것을 내가 "아 왜들 이리 야단이십니까. 아 죽어 나갔단 말입니까." 이렇게 큰소리를 해 가면서 무마시켜 드리기는 했으나 나 역 한 삼 년 너를 못 보겠구나 생각을 하니 갑자기 네가 그리웠다. 형제의 우애는 떨어져봐야 아는 것이던가.

 한 삼 년 나도 공부하마. 그래서 이 '노말'하지 못한 생활의 굴욕에서 탈출해야겠다. 그때 서로 활발한 낯으로 만나자꾸나.
 너도 아무쪼록 성공해서 하루라도 속히 고향으로

paire de nouvelles chaussettes selon les désirs. En tant que ton grand-frère, ceci est honteux -. Mais je te remercie de ne pas m'en vouloir.

Tu es comme cela. Au lieu de ligoter K, tu vivras à ta manière et tu l'aideras, je crois en toi.

Tu es ainsi partie. Puisque tu es partie, alors, ne sois pas attachée à la famille et mets tout ton cœur sur un succès sans déshonneur. Que ce soit dix ans et non trois. Même perdante, restes-y, même si tout devient quelque chose sans valeur sur cette plaine, ne pense pas à revenir dans ton pays natal.

Moi aussi je partirai une fois. Je sais que je dois rester sur cette terre. Mais je sais quel est le devoir à préserver et lequel est celui à atteindre. Tu es partie, ton autre grand-frère aussi et si moi aussi je pars, qui restera avec les parents ? Ne t'inquiète pas. C'est mon devoir en tant qu'aîné et je ferai de mon mieux. Si cela ne suffit pas -. Le malheur passé n'est que sacrifié pour un avenir prospère.

La nuit où vous passiez la frontière, je buvais et j'écoutais le reportage sur 'les Jeux Olympiques'. Nous ne devons pas pourrir comme ça. Nous devons dignement s'aligner à eux et vivre intelligemment. Ressaisis-toi !

돌아오너라.

그야 너는 여자니까 아무 때 나가도 우리 집안에서 나가기는 해야 할 사람이지만 일이 너무 그렇게 급하게 되어 놓아서 어머니 아버지께서 놀라셨다 뿐이지, 나야 어떻겠니.

하여간 이번 너의 일 때문에 내가 깨달은 바 많다. 나도 정신 차리마.

원래가 포류지질(蒲柳之質)로 대륙의 혹독한 기후에 족히 견뎌낼는지 근심스럽구나. 특히 몸조심을 잊어서는 안 된다. 우리 같은 가난한 계급은 이 몸뚱이 하나가 유일 최후의 자산이니라.

편지하여라.

이해 없는 세상에서 나만은 언제라도 네 편인 것을 잊지 마라. 세상은 넓다. 너를 놀라게 할 일도 많겠거니와 또 배울 것도 많으리라.

이 글이 실리거든 『중앙』 한 권 사 보내 주마. K와 같이 읽고 이 큰오빠 이야기를 더 잘하여 두어라.

축복한다.

내가 화가를 꿈꾸던 시절 하루 오 전 받고 '모델' 노릇 하여 준 옥희, 방탕불효(放蕩不孝)한 이 큰오빠의 단 하나 이해자(理解者)인 옥희, 이제는 어느덧 어른이 되어서 그 애인과 함께 만리 이역 사람이 된 옥희, 네 장래를 축복한다.

Il y a une grand-mère presque morte, un monsieur qui ne peut pas se mouvoir librement et une vieille dame ridée par cinquante ans de travail dans les bidonvilles du quartier de Sindangri* sous le paulownia de la colline Beoti**. Ils ont pleuré en voyant ton télégramme. Tu es venue chaque jour me rendre visite suivant ce long chemin. Tu venais et prenais les provisions du jour. Qui viendra maintenant.

Notre mère dit « J'ai perdu le cheval. Comment vivre dans ce vide. ». Depuis ce jour, je joue le rôle du cheval en traînant mes chaussures complètement usées.

Nos parents qui ne savent pas critiquer, ont pleuré comme la pluie quand ils ont su que tu étais partie à l'improviste. J'ai alors crié fort avec assurance « Pourquoi autant de tumulte. Est-elle morte. » mais me disant que je ne pourrais pas te voir pendant environ trois ans, tu me manquais déjà. La fraternité des frères et sœurs n'est connue qu'en étant séparés.

J'étudierai pendant ces trois ans. Je m'en échapperai de cette vie humiliante qui n'est pas 'normale'. Retrouvons-nous à ce moment avec nos visages vigoureux.

   *   Quartier proche de la ville de Incheon
   **   Désigne autrefois une colline à l'abri des inondations

이틀이나 걸렸다. 쓴 이 글이 두서를 잡기가 어려울 줄 아나 세상의 너 같은 동생을 가진 여러 오빠들에게도 이 글을 읽히고 싶은 마음에 감히 발표한다. 내 충정(衷情)만을 사다오.

닷새 날 아침
너를 사랑하는 큰오빠 쓴다.

Reviens le plus vite possible munie de ton succès.

Tu es une femme, tu es donc une personne qui doit quitter notre famille à n'importe quel moment, notre mère et père ont seulement été surpris car tout s'est déroulé trop vite, qu'en est-il de moi.

En tout cas, j'ai compris quelque chose grâce à cette affaire. Je vais aussi me ressaisir.

Je m'inquiète et me demande comment tu pourras supporter le climat rude du continent, toi, faible de nature. N'oublie surtout pas de faire attention à toi. Nous, faisant partie de la classe défavorisée, avons le corps qui est notre unique et ultime richesse.

Écris-moi.

N'oublie pas que je suis toujours à tes côtés dans ce monde sans compréhension. Le monde est vaste. Beaucoup de choses te surprendront et beaucoup t'en apprendront.

Si ce texte est publié, j'en achèterais un et je t'enverrais un de ce Journal Central. Lis-le avec K et parle bien de ce grand-frère.

Je te bénis.

Ok-Hee, toi qui es devenue 'modèle' avec cinq jeons* par jour à l'époque où je rêvais de devenir peintre,

Ok-Hee, toi qui es la seule compréhensive de ce

grand-frère débauché et ingrat, tu es maintenant devenue adulte et devenue étrangère dans un pays lointain avec ton amoureux, je bénis ton futur.

J'ai mis deux jours. Il est difficile de saisir l'ordre de ce texte mais j'ose le publier avec l'envie de vouloir faire lire aux différents grands-frères qui ont une sœur comme toi dans ce monde. N'en prends que ma sincérité.

Le cinquième jour du mois
Ton grand-frère qui t'aime.

* Ancienne unité monétaire coréenne, un jeon équivaut à un centième d'un won

TEXT→SCENT Series 01 | 이상, 날개

초판 1쇄 발행 · 2025년 9월 16일
지은이 · 이상
옮긴이 · 박소원
펴낸이 · 박가람
펴낸곳 · 누벨바그
책임편집 · 박가람
디자인 · 상록
주소 · 서울시 강동구 양재대로 97길 17
전자우편 · contact@ecritetparfum.com
홈페이지 · www.ecritetparfum.com
등록 · 제2016-000021호

ISBN · 979-11-958714-2-1 03810

이 책은 저작권법에 따라 보호받는 저작물이므로
무단 전재와 무단 복제를 금합니다.
이 책 내용의 전부 또는 일부를 이용하려면 반드시
누벨바그의 서면 동의를 받아야 합니다.